U0937452

山之四季

〔日〕高村光太郎 著
郑民钦 译
刘晓颖 绘

南海出版公司

目录

山之雪

我非常喜欢雪。一下雪，就迫不及待地跑出门外，满头满身披着白雪，觉得其乐无穷。

我住在日本北方岩手县的山中，大概从十一月起就可以看到雪花纷飞。到十二月底，每天所见都是漫山遍野一片白皑皑的雪景。这一带的积雪平均大约只有一米，而小屋北侧的积雪却能高至屋顶，地面低洼处的积雪甚至可到人的胸口。

我居住的小屋距离村子大约四百米，离山更近，周围没有其他人家，只有森林、原野和小块的田地。每到积雪时节，环顾四周，都是白茫茫的世界，不见人影。当然听不到人的声音，也听不到脚步声。独坐小屋，由于落雪不似下雨，没有声音，感觉世界宁静岑寂，自己也仿佛变成了聋子。尽管如此，耳朵还是能听到地炉里薪柴燃烧时发出的噼里啪啦的响声，以及水壶里水烧开时隐隐约约的沸腾声。这样的日子要持续三个月。

积雪深达一米时，难以行走，因而也无人来访。这种时候，我总是在地炉旁独守晨昏，吃饭、读书、工作。独居生活时间一长，就情不自禁地想见人。即便见不到人，能见到其他活物也行，哪怕是小鸟、野兽，也期待着出现在我眼前。

此时最让我喜悦的是啄木鸟。啄木鸟夏天不来，秋冬之际飞来居住，时常啄我居住的小屋，大概是为了吃小屋外面的柱子、木桩、堆积的木柴中的虫子。它啄木的声音很响，笃、笃、笃，节奏急促，仿佛来客敲门，让人不由得想答应一声。由于木头不同，有时候听起来像嗵嗵嗵的声音，一会儿又听见扇动翅膀的吧嗒吧嗒声，是飞到别的木柱上去了。它会仔细倾听木头里面是否有虫子，轻轻“咕嘟”叫一声，然后飞走。我看见啄木鸟在小屋前面的一棵栗子树的树干上不停地啄击，似乎大多是头部微红的绿啄木鸟和白斑黑羽红腹的大斑啄木鸟。此外还有一些叫不上名字的小鸟，每日清晨和薄暮飞来我家，啄食悬垂在房檐下的各种绿色果实，以及草籽。清晨，我还在睡觉的时候，就听见鸟儿在隔扇外面拍动翅膀飞翔的声音，如此真切，仿佛就在枕边飞来飞去一样，觉得十分可爱。我被小鸟催醒，揉着眼睛起床。秋天经常见到雉鸡、铜长尾雉，雪下过以后，就很难见到它们的踪影，只能听见飞到远处池沼里的野鸭的叫声。

说到活物，每当夜幕降临，就有老鼠光临。不知道是赤鼠还是鼷鼠，看上去比普通的家鼠个头小，不怕人，在雪地上从很远的地方跑过来，在我的周围钻来钻去，捡食掉落在榻榻米上的食物。它叼着我放在一旁的用纸包着的面包。我用手敲了敲榻榻米，它一副吃惊的样子，一溜烟跑开，但立刻返回来，又去拖面包。如此与人亲近，我也不忍心用安妥毒死它。这只老鼠早晨不知回到哪儿去，只在晚上才光临我家。

山中野兽多半是夜间出来觅食。早晨起来一看，茫茫雪地上留下很多脚印。一看就知道是野兔的足迹，住在乡间的人大概都知道野兔的脚印与其他动物不一样，形状很有趣。如同罗马字母 T 的形状，前面两个大脚印横向并列,后面有两个竖向的小脚印。后面的是兔子前脚的脚印，前面的是兔子后脚的脚印。兔子的后脚比前脚大，行走的时候，前脚按在地上，然后蹦跳起来，后脚落到前脚的前面。兔子的足迹很有意思，会在雪地上画出曲线，一直延伸到远方。雪地上分布着几道这样的曲线，有的兔子来到我家外面的水井旁边，大概是来吃我放在井边的青菜、水果的吧。

狐狸会来抓兔子。我家的后山上就住着狐狸，在夜里出没。狐狸的脚印与狗的脚印不一样。狗的脚印两列并行，而狐狸的只有一行，而且向后踢雪，如同穿高跟鞋的女子般优雅利落地走一条直线。我本想，狐狸是四条腿，能走出一条直线应该很难，但它们的确走得很漂亮，我觉得狐狸实在很潇洒。

我曾见过狐狸在夕阳中行走的样子，那一身厚毛金光闪烁，长长的尾巴随风摇摆，腹部泛着白色，煞是好看。我还见过狐狸嘴里叼着小鸟似的动物从屋前的地里走过。狐狸走动的时候，如果附近有乌鸦，乌鸦肯定会呱呱呱叫个不停，就知道有狐狸来了。

狐狸的嘴巴很有劲儿，有一户人家说，今年的秋天，他们家死了一只山羊，结果夜里狐狸来光顾，把死山羊叼走了。

除了兔子、狐狸之外，黄鼠狼、老鼠、猫的脚印也各不相同。老鼠的脚印如邮票的线式齿孔一样美观细致，点点相续，最后延伸到小屋廊子的地板下。还有两行脚印的，雪没有向后踢，这是黄鼠狼的脚印。

最有意思的还是人的脚印，无论是胶鞋、胶底布袜，还是草靴，因为每个人的走路方式都不相同，一看脚印就大体知道是什么人走过。有大步行走的，有小步行走的，有步履蹒跚的，有步履稳定的，有走路前倾的，有走路后仰的，都一目了然。我穿的是十二文[①]的鞋子，除我之外，村里没有别人穿，所以一看就知道。而且从胶鞋底的花纹也可以判断出来。有的人走路稳健，有的人走路笨重。听人说，在雪中行走，细碎小步不易疲劳，而两脚叉开行走容易疲劳。歪着鞋后跟行走似乎也相当吃力，这样走路的人往往是弯腰屈体，大概哪个部位的内脏有问题。

我还见过一道大脚印，以为是熊迹，大吃一惊，其实是穿着“樏”[②]的人行走的脚印。这种鞋套装在鞋上，行走时脚不会陷入深雪里。

还有一种叫“爪笼”的大草鞋，也有同样的功能。有人告诉我，站在柔软的深雪上，脚会陷下去，所以不能站立行走，可以在雪上游动。但是我不会，不知道在雪地上怎么游动。

我喜欢在雪地里行走，一边走一边欣赏各种光线映照下的雪景，美不胜收。因为脚深陷雪里，前行吃力，感觉疲劳，时而稍稍蹲下来歇口气。眼前是一望无边的雪原，有时闪耀着五颜六色的亮光。阳光从身后照射过来，无数

① 鞋的尺码单位，1 文约为 2.4cm。（本书注释若无特殊说明，均为译注）
② 也称为“橇”，雪中行走时，为防止脚陷进雪里，套在鞋子下面的环状的套子。

雪的结晶体的反光晶莹剔透，如同异彩纷呈的光谱。彩虹般五彩缤纷的细碎闪光斑斓夺目。大雪覆盖着辽阔平坦的原野，犹如沙漠的细沙形成的涟漪，看去如同波浪真实的荡漾。由于光线的正反明暗，颜色也各呈其异。阴暗处的光线泛着青色，明亮处的光线闪耀着淡淡的橙黄色，我以为雪只是单纯的白色，实际上却如此千变万化，奇光异彩，令人惊叹。

最美莫过于夜雪。夜间的积雪也发着亮光，能隐隐约约地照见四周，而且似乎笼罩着一层朦朦胧胧的雾霭，又是一番与白昼不同的景色，广袤而深邃，简直就是童话的世界。

夜雪虽然很美，走夜路却十分危险。眼前雪光映照，茫茫雪原，风景哪儿都大同小异，难辨方向。我也曾在家附近的雪原上迷路过。每天都行走的道路，却感觉方向不对，不知不觉走到一个陌生的地方，赶紧回头，好不容易才找到家。

晴朗无风的日子尚且如此，风雪交加之夜就更不能外出了。即使是白天，刮大风的时候卷起积雪，在两三间[1]外就看不见了，如同船只被气体包裹一样无法行走，狂风扑打在脸上，连呼吸都很困难，仅仅二三百米的距离，也

① 日本长度单位，1 间约为 1.82 米。

可能遇上危险。这种狂风暴雪之夜，就只好闭居家中，烧起地炉，倾听风声。那狂暴的风声犹如大海的惊涛骇浪，从小屋的屋顶上掠过，向着原野撞击。我听见从后山远处呼啸而来的风声，那一路的狂暴凄厉令人胆战心惊。不过，幸亏我的屋后有很多小山，狂风不会直接横扫小屋。如果没有这些山，我的小屋大概会被冬天强劲的西风刮来的暴风雪吹得不知去向。

厚厚的积雪沉重地压在屋顶上，如果不去管它，随着春天来临，雨水增多，饱含水分的积雪变得更加沉重，最终小屋会被压塌。因此，冬天就要除一两次雪，一般在圣诞节后进行。爬上屋顶，用铁锨把积雪铲下来，窗前立刻堆起一座小雪山。每到新年，我总要插国旗。用广告颜料在一张方形纸上画一个红色的圆，再用糨糊粘在木棒上方，插在窗前的小雪山上。白雪皑皑的小山和有红色图案的旗子相配，的确美丽又清爽。要是天空湛蓝，就更加漂亮。

（昭和二十六年一月《妇人之友》）

山之人

我在这山间居住已经五年零两个月，对山里人的情况也逐渐了解，也认识一些人，互相走动自然比以前多起来。

我非常喜欢这座山村，无论是大自然还是山里人，都有一种难以言喻的亲切感。刚搬来的时候，总觉得自己与周围的人有所不同，无法融入进去，也有一种给别人带来不便的心情。当时战争刚刚结束，他们把我视为所谓的“疏散者”，我自己也有一点这种感觉。所谓疏散者，指的是遭受战祸的城市人临时到外地居住避难，不至于生活无着，等条件成熟以后，再回到原先的住家去。因此，在我来这个山村的时候，村里人为我建造的小屋也就设计为只能维持两三年的时间。屋子真的很小很简陋，就像为登山者设置的山间休息的小屋。起初的计划是小屋的四面用茅草围起来，屋顶也只是铺一层茅草束，这未免太不像话。有人说深山里有一间原先矿山的工棚，已经荒废倒塌，可以把里面有用的东西搬过来，于是大家把工棚的房柱、屋梁拆下来，肩扛着走一里多地搬到这儿来，又按照原来工棚的样子重新组装起来，墙壁抹上灰泥，屋顶铺上杉树皮，外面挖一口水井，终于修建成一间能够住人的小房子。村民们如此热心地帮助一个陌生的疏散者，还对我说，就你一个人，村里还养得起，放心吧。

战后初期，粮食紧张，连配给的米也难以保证，我正发愁不知如何是好，村里那位劝我疏散到这里来的小学分校的教师把一切都承揽下来，尽心安排，十分周到，使我在这里的生活得以落实。他给我准备了三叠的榻榻米，借给我被褥，给我食品，介绍我与村民们认识，对我热情关怀，无微不至。正因如此，我才能勉强度过这山间第一个积雪深厚的严冬。独自静坐在几乎是家徒四壁的三间见方的小屋子里，烧起地炉，眺望着厚达三尺的雪景，想起过去日莲上人被流放到佐渡岛，在一个名叫冢原的地方的僧房里被雪掩埋的事情。

然而，当村民们知道我一个人孤守小屋时，都放心不下，爬山踏雪前来看望，有的带来一斗大米，有的带着萝卜，有的带来土豆，还有的让孩子带来各种咸菜。“这个，给老——西——”孩子们说得很快，起先我怎么也听不懂。

如今回忆起刚刚落脚此地的各种事情，以及后来两三年里粮食不足的岁月，自己居然健康地活了下来，真心感到是受质朴亲切的热心肠山里人关照的缘故。

这个村子叫山口村，真是名副其实，这里是田地的尽头、上山的入口。北边是一座名叫山口山的小山，山上树木茂密；西边是连绵的奥羽山脉，峰峦相接，连绵重叠；东边和南边是开阔广袤的原野，河水流淌，这两片原野名叫清水野和后藤野，一直与遥远的邻郡毗连，五年前长着一望无际的芒草和杜鹃。这个村落背靠山口山，沿着山边聚居，村里人都是农民，不到四十户。观察他们的住宅，都是结构一样的大房子，正面宽达十间以上，进深六间以上，坚固结实，扛得住大雪压顶。屋顶坡度大，铺的茅草也又大又厚，房屋皆朝南，屋顶西面采用斜葺的方法，以抵御凌厉的寒风，东面则采用悬山双坡顶[①]。有的住户在东面向北呈直角拐弯处另盖一个小屋，当作马厩，人们把这马厩称为“南部曲家”[②]。

芭蕉[③]有俳句云：“跳蚤虱子叮未眠，更有马儿尿枕边。”他大概就曾借宿在这种房屋构造的农家里。总之，在这里

① 古代建筑的屋顶样式之一，特点是屋檐悬伸在山墙以外。

② 日本传统建筑的样式，主屋与马厩形成 L 字形。

③ 松尾芭蕉（1644－1694），江户时期的俳人，毕生追求俳谐的艺术性，引领俳谐进入文学艺术的殿堂，被尊为“俳圣”，著有《奥州小道》。

牛马和人是一样的待遇，都住在同一屋檐下。不论哪一家，平时的入口都在马厩那个地方，就是“土间”[①]，左边是房门口，铺着地板，这里一般砌有大地炉，一家人平时围聚在地炉旁边。毗连这个大房间的还是土间，砌有灶台，就是厨房。厨房朝西的方向有几个房间，间壁是纸隔扇，最里面的西房是客厅。住宅的南面是敞开的，从院子可以沿着廊子的任何地方直接上来，但一般从客厅的檐廊下邀请客人上去。客厅很宽敞，铺着榻榻米，靠墙壁的位置设有很大的佛坛和壁龛。这个地方不是用地炉，而是使用火盆取暖。如果请来的客人有百余位，就把毗连的几间房间的纸隔扇卸下来，变成一个大房间，以酒肴招待。农家经常在下雪的时候举行预祝丰收之类的活动，请来艺人跳插秧舞，也可以安排在这样的大房间里。捋稻谷等农活一般在储藏间或者院子里进行，但晾烟叶、捆烟叶、编织稻草工艺品等工作则在铺地板的大房间里进行。

这座山村的村民原本以烧炭为主业，种地完全是为了满足自给自足的生活，听说直至几年前还经常食用稗子和小米，最近才努力开垦水田，好像可以做到稗子和大米各吃一半。阳历十二月底洒扫庭除，意味着今年的农事结

① 日式房子内不铺木板、地面为泥土的房间。

束，然后进山，冬天在山上烧炭。每年烧炭的山都不一样，会事先分配好地段，然后一齐上山砌炭窑。炭窑的大小一般能烧二十五到三十俵[①]的木炭，也有大的，一窑可以烧五六十俵。砍伐山上的树木，塞进炭窑里，点火燃烧，大约一个星期就能变成炭。然后把木炭装进稻草包里，在雪地里运出去。从山上到家里大约一里地，每次背着三四俵木炭，一天往返数次。要是利用雪橇搬运就比较方便，但这一带的山路似乎连雪橇也无法通行。一想到烧炭的艰辛，就觉得要珍惜使用。木炭运出来以后，存放在公共的“炭库”里，经过检查，再运到城镇出售。烧炭是让村里人实实在在获得收入的工作。薪柴也可以卖钱，但近年过度砍伐，现在反过来要注意植树造林了。

山里人的生活可以说相当不方便，但有互帮互助的风俗习惯，十分有趣。例如茅草屋顶的更换或者修理，大家会事先商量排出顺序，每年依序进行，全村人都拿来材料，无偿地帮忙干活。这家人只要给干活的乡亲们提供吃喝就可以。像建桥修路，也是全村人一起干。真正做到人手不够，互相帮忙。

这座山村的人们信仰虔诚，大抵是真宗的信徒。村子

① 装大米或木炭的稻草包。

正中央供奉一块见真大师[1]的祭祀石，以前每个月村民们都聚在这里念经，而且这里还有一种民间信仰保留至今。孩子出生以后，母亲会抱着婴儿，在叫作“知识先生”的老一辈人的引导下，在佛坛前发一通誓言。当孩子长到四五岁时，还是由“知识先生”引导，进行某种严格的修行。要是不做这些仪式，大家就觉得这是一个不求上进的笨拙孩子。大概由于这个缘故，村民们都心地善良，亲切和蔼，礼貌待人。在路上遇见别人，都要互致问候。从东京过来看我的朋友经常说，在路上遇见村里的孩子，孩子们都对他们鞠躬问候，说一声“再见”，让他感到惊讶。不知何故，在孩子们中间，“再见”与对着外来人说“您好”有同样的含义。如果遇见大人，则会问候“谢谢您”，我起初也不知道是什么缘故。村里人不喜欢杀生，不抓野兔，也不抓山间的鸟。打野鸡的大抵是职业猎人或者从城镇过来的猎手。我居住的屋子周围常有野鸡、山鸟出没，但从未见过村民抓捕它们。战争刚刚结束的时候，社会上发生过掠夺军队仓库的事件，但这里的人们从来不会干这样的事。总之，不做亏心事在这个山村已经成为一种习惯。

这一带土地贫瘠，农作物长势不好，所以村民们不得

① 镰仓时代前半期到中期的佛家，被认为是净土真宗的宗祖。

不花费更多的精力辛勤劳作。从夏到秋，天蒙蒙亮就要上山割草，背着堆积如山的野草下山回家后再吃早饭。草是牛马的饲料。每年按照不同的季节从事相应的农活，大家都安排得当。春天修整水田、种烟草、种马铃薯和割草，从插秧开始到播撒萝卜籽的时节，差不多就是盛夏了。然后是盂兰盆节[①]。这一带习惯使用旧历，这一点是改不过来的。因为自古以来就是按照阴历安排农事，已经形成规矩。盂兰盆节休息六天，不干农活，全村人一起唱歌跳舞。每个月有一两天固定的休息时间，那时大家都不干农活。休息的日子一般选在地里的活儿告一段落的时候。休息日和节庆日，大家会打年糕。好像这里的人们都喜欢打年糕，有红豆年糕、核桃年糕，也经常送给我。打年糕的杵与东京的不太一样，像是月宫里玉兔拿着的那种木棍，四五个人一起抓着木棍，一边吆喝一边捣。

盂兰盆节过后，各种农作物的收割时节逐渐到了，有先有后，顺序清楚，最重要的是割稻和脱粒。挖萝卜的时候大概是秋末冬初。把萝卜洗干净，晾晒萝卜干，一排排白白的实在好看。农民很看重做咸菜，蕨菜、黄瓜和长茄子都可以腌，会腌很多，足够一年的食用。还有一种叫

① 一般在阳历 8 月 15 日，是日本仅次于新年的第二大节日，主要是追祭祖先、祈祷冥福。

作“银茸”的蘑菇，也可以腌咸菜。萝卜自不待言，会腌一大堆“泽庵”[1]和盐渍萝卜。这段时间还会做味噌。各种事情都安排得井井有条，令人吃惊。

从夏到秋都要早起干活，因为劳动强度大，中饭后要午睡一个小时。这个时候，无论哪一户人家都是静悄悄的。有的在地头睡，有的在山上睡，这肯定有益于健康。与南洋一带的午睡很相似。

各种农作物收割完毕以后，最后是上山割茅草，整座山像理过发一样，变得十分清爽。到即将降雪的十一月末，就开始准备过冬用的柴火。连年轻的姑娘和小孩子都背着捆作一团的柴火，堆得高高的，抬起头才能看到柴火的顶。忙完准备柴火的活儿，一年的农活算是结束了。于是打扫院子，算是庆祝今年的农事圆满完成，然后进山烧炭，直至来年开春。

山里人能歌善舞。节庆的日子，大家聚在一起，击鼓伴奏，唱歌跳舞。《祝歌》是这一带广为流传的民谣，先是齐唱这首歌，然后再唱外地的民谣。这首歌的曲调十分优雅。正月十五，孩子们成群结队挨家挨户地跳“稼舞”，有时能拿到大人给的年糕。秋天，小学举办一年一度的学

---

① 用米糠等腌制的黄萝卜，是一种腌菜。

艺会，村里的青年男女都去表演展示自己的各种才艺。

在冬天，很多孩子喜欢滑雪，大人们不太玩。积雪较厚的时候，到我小屋来的孩子都是来滑雪的，在后山的斜坡上玩耍，然后回家。过去这个村有高水平的人，还参加过全国滑雪比赛，现在好像不怎么玩了。

山里的孩子都是好孩子，大概是在大自然中成长起来的缘故，他们善良质朴，活泼开朗，虽然衣服不够整齐，但我并不在意这些。他们经常在学校的操场上练习棒球，显得聪明而顽强。棒球是年轻人最喜欢的运动，农闲时肯定要玩。打出本垒打的时候，球飞到菜地里，往往找不到，很有意思。

四五年前，孩子们不太讲究卫生，结果多有阴虱、蛔虫、皮肤病、沙眼等问题，但近年大为改善，尤其是使用滴滴涕以后，阴虱几乎已经绝迹。马厩里也大量使用这种药。去年夏天有段时间，我的小屋里几乎没有苍蝇，今年则完全绝迹了。

人类的生活如网眼般互相牵制，如果过于急躁地注入文化，反而有害。我觉得，像这样虽然古旧，却有着优良风俗的地方，还是循序渐进为宜。

（昭和二十六年二月《妇人之友》）

山之春

实际上，到了三月，山间的春天依然尚未来临。虽说三月春分，但我的小屋四周还是冰天雪地。要到五月中旬，才能真正积雪消融。就是说，一直覆盖群山的冰冷的空气一到五月中旬会迅速移往北方，地面储满的热量与阳光突然一起涌动起来，急不可待地带来稍纵即逝的春意，却又匆匆离去，让位给夏天。东北的春天步履仓促，使得苹果花、梅花、梨花、樱花等这些代表性的春花不能依序前后绽开，而是一起在刹那间盛开，宛如童话剧的舞台般五彩缤纷。这是在四月末才有的景象。三月的时候，花蕊还在坚硬的树芽里沉睡。而说到杂志三月号，所有的作者肯定都在讲述春天的话题，实际上，上野公园一带的绯樱也已经开始初绽花蕾。日本南北狭长，季节相差很大，想起来似乎觉得可笑，却又很有意思。北方还在用除雪车清理积雪，南方已经村村桃红柳绿了。

大自然的季节到来的时间有早有晚，但季节本身的运行循规蹈矩，每年按时来临，决不随心所欲。也许在地下就开始准备，等待自己的顺序毫无差错地到来。即便是树芽，在秋天落叶的时候，从叶子落下就开始为春天的来临作准备，宁静地紧闭门户，在漫长的冬天里等待。看似枯干的树枝，其实内部正营造着愉悦活跃的生命气息，充满明年春花怒放的喜悦。在冬天的阳光里抬头看一眼那枯枝的树梢，你会发现所有的树枝都喜上眉梢。

山间的三月虽然还是粉妆玉砌，但已经不是冬天，而是春气初动，所以尽管依然在下雪，却明显感觉冰雪在融化。零下十度的严寒逐渐减少，从屋顶上一下子垂挂下许多冰柱。滴水成冰的日子很少形成冰柱，只有在初春时节才垂挂这样的大冰柱。冰柱并非寒冷的标志，而是春回大地的象征。看冰柱的绘画，有一种天寒地冻的感觉，但山里人看到冰柱的感觉是“噢，春天来了”。

很多冰柱垂挂在屋檐的时候，覆盖在水田上的雪层出现裂纹。积雪大抵沿着田埂开始融化。积雪出现断层，就是山岳间所谓的“冰雪走廊”。等断层融化，朝南的阳面露出枯草地。露出的地面贪恋着阳光，从地下的款冬根部突然冒出款冬花茎。这里的人们把款冬花茎叫作“bakke”。

当在雪地里发现两三株款冬花茎时，总觉得十分喜悦，尽管年年如此，那种喜悦也难以忘怀。款冬花茎富含维生素B和维生素C，于是急忙采摘许多，去掉暗绿色的苞叶，留下青色的、柔嫩的、充满山林精华的圆形新鲜嫩芽。晚饭的时候，把它放在地炉的铁丝网上稍微烘烤一下，或蘸酱或蘸醋或过油食用，味道微苦而鲜嫩，感觉可以弥补冬季维生素之不足。采摘多了的时候，就学着母亲在东京做的那样，用酱油和糖一起煮，保存起来。父亲常吃，据说可以祛痰。

款冬花茎有雌雄之分，苞叶里的花蕾形状不同。雌款冬在晚春时长大，结出的果实带着蒲公英般的绒毛，在空中纷纷飞扬。

在食用款冬花茎的时节，山上的赤杨悬垂着金色的花穗。本地人把这种树叫作“yakka”(汉字大概写作“八束”)，这种树木的姿态十分优美，细枝前端垂挂着无数的金穗，飘洒花粉。如小草袋般的雌花结出的果实经过水煮后可以提取木雕用的染料。这个时候，地面只剩下一层薄雪，露出人们踏出的小路，大地开始呈现初春的景色，地头田边也长出了千叶萱草的嫩芽。用油稍微一炒，拌以糖醋酱，味道很美。山里人称之为“kakko”。人们说千叶萱草长出来的时候，就是杜鹃鸟飞来的时候，也就意味着要开始插

秧了。其实并非如此。这个时候，清水潺潺的山崖上，胡麻花盛开泛紫的红花；紫色的猪牙花被厚厚的绿叶包裹着，在潮湿的低地绽开，一草一花，时而遍地群生，几无插足之地。猪牙花的根是提炼淀粉的原料，但挖掘和提炼似乎都相当费事，所以现在这种“白玉粉”还很珍贵。

当药草黄连开花，迎春花也绽放黄花的时候，紫萁、蕨菜一下子都冒出来。紫萁稍早一些，头戴棉帽子在南坡长成一片，紫萁干很好吃，但做法很难，不是长在深山里的紫萁，晒干以后，会细得如一根线。蕨菜是山上的杂草，漫山遍野，采摘都来不及。摘下来之后，必须马上烧掉根部，否则就会变硬。将蕨菜捆成一束一束，放进有草木灰的温水里浸泡一个晚上去涩，捞起来洗净，之后放进烧开后放凉的盐水里浸泡，上面用不重的压板压住，注意不能让蕨菜露出水面。然后换一次盐水腌泡，就制成清脆翠绿的腌蕨菜，可以从夏天一直吃到正月。采摘蕨菜的季节最可怕的是山火，这点会在另外的文章中详述。

不久，山野烟霭升腾，春霞弥漫。秋天的傍晚，漫山遍野蓝色的雾霭，我称为“巴赫之蓝”，但春天的烟霭透着明亮，如天蓝色的箔片纷纷扬扬在山间飘浮。远山还是银装素裹，而姿态舒缓的低矮群山只有地面还有残雪，严寒下冻得发焦的茅杉与松树描绘出群山焦茶色的棱线轮廓，如一幅山麓春霞叆叇朦胧的群山层峦大和绘，又好似几个刚刚出笼热气腾腾的大豆包摆放在怀纸上。我坐在草木枯黄的枯树墩上，眺望群山，心想“这么大的豆沙包，一定味道甜美”。

初春时节，许多黄莺飞到山下的农家院子里，婉转啼鸣，飞到山上则是在初夏到金秋时节。无论是在山上，还是在其他地方，只有这鸟儿的叫声珠圆玉润，独擅一方。尤其在山谷间飞来飞去，余音袅袅。春山的鸟儿如同动物园中的一样，早晚热闹异常。有多少鸟儿出来似乎与阳光是否明媚有关。黄鹡鸰、黑背鹡鸰、知更鸟、白腹鸫、灰雀、山雀、斑鸠、云雀……简直写不过来。最普通的还是路边常见的黄道眉，一大早天刚蒙蒙亮就飞来“一笔拜上致问候”。①

遍地都是堇菜、蒲公英、笔头菜、刺儿菜等，要想不踩踏堇菜，根本就无法在小路上行走。在这些鲜嫩野草中，有一种当地人称为“nunoba”的食用草，长大以后知道学名叫作“轮叶沙参”。嫩叶在热水里焯一下，与芝麻、核桃拌在一起做凉菜，味道鲜美。采摘下来，会从切口流出白色的乳液，所以也称为“乳草”。小河旁长有乌头、水

① 据说黄道眉的叫声与日语“一笔拜上致问候”的发音相似。

芭蕉等毒草，颜色翠绿，看似味道鲜美，却要当心，据说植物学家白井光太郎博士就是死于他研究的乌头毒。其实这个光太郎平时极其小心谨慎，不会误食毒草，也没有发生像那位法国国王误食毒蘑菇之类的事。

写这些文章的日子里，季节的脚步匆匆走来。门外路过的村里的青年男女也是鲜嫩水灵，令人赏心悦目，手织的毛衣看上去那样轻柔。到处都是花的海洋，几种柳科、橡子科的树木开着各色各样的花，而且树木的形状千姿百态，仿佛各自在山中独具匠心地设计形态。山梨的白、辛夷的白、忍冬树的白，这些白都各不相同。大概是溲疏的变种，漫山遍野盛开着淡红色的溲疏，杜鹃也开始萌芽，不久，山樱在山间逐渐变红。待到山樱把半山腰染成一片粉红的时候，已经过了三月的春分。小学校园里的染井吉野在两三天内迫不及待地竞相开放，苹果园、梨树园里也开满了青白色的花朵。乘坐东北本线沿着北上川下行的乘客从车窗眺望苹果花，清丽月白，如梦如幻。

我想起过去在复活节的时候，独自在意大利帕多瓦的旧宿舍里，打开彩色玻璃窗，看见黑暗中梨花泛着微白，于是写下一首俳句“城旧帕多瓦，夜色梨花白”，我摇动桌上的铃铛，叫来几杯基安蒂红葡萄酒，品尝快乐。这座山中大概也会生出置身于那座古都时感受到的那种文化氛围吧。无论从哪个方面看，这座山都可以从捕捉二十世纪后半叶的文化核心开始，在这个基础上逐渐发展出属于自己的独特文化。

（昭和二十六年三月《妇人之友》）

山之秋

山之秋始于盂兰盆节。

七月中旬，布谷鸟、杜鹃鸟不再鸣叫，夏天的威猛在山野中收敛势头，水田里的稻穗开始成为七月末的风景。在稻穗灌浆饱满的时节，一种名叫“tsunagi”的可怕牛虻如乌云般侵扰人畜。进山的人全身包裹得严严实实，防止牛虻的袭击，但拴在树上的马儿只能挣脱绳子赶走牛虻，经常可以见到脱缰之马从我的小屋前跑过去。时常有村里人问我“看没看见跑走的马儿”。

稻穗出齐的时候，农活告一段落，辛苦的除草总算是结束了，此时正好是阴历的盂兰盆节，进入农闲期。盂兰盆节是农民在一年中非常快乐的一周，做年糕，扫墓祭祖，然后唱歌跳舞，村里的小伙子们还喜欢打棒球。盂兰盆节期间，农户还要做佛事。我所居住的这个村子，按照当时的风俗习惯，采取各家各户每年轮流的方式，将花卷町光德寺的和尚请到家里，村里人都集中到这一家念经。念完经以后，大家共同品尝各自带来的酒菜，为佛像供上般若汤，度过愉快的一晚。和尚骑着自行车飞奔五里路赶来，稍微擦擦汗，趁着天还亮，赶紧在装饰漂亮的佛坛前念经。农户们脖子上也都套上小袈裟，跟着和尚一起念。念完经后，将早已准备好的食案摆放在打通的大房间里，严格依照本家、分支的顺序入座，开始酒宴。由村里的姑娘和大妈们负责斟酒。和尚掌握时间，觉得时候不早了，就带着礼品告辞，骑车回町里去。接下来就是开怀畅饮，什么“田头啊”“那老头”，不拘礼节，大声叫着屋号或通称，端着红漆大碗互相敬酒，喝得十分尽兴。

盂兰盆舞一般是在离登山口的村子一里地的古老的大寺院昌欢寺上演。那里本来是一片长着芒草和杜鹃的广阔原野，如今开垦成一望无际的农田，村民们沿着开拓村唯一的道路前往昌欢寺去跳舞。虽说是秋天，其实白天还是很热，所以我一次也没有去过昌欢寺。有时候跳舞的队伍会来到登山口的村子里，在村小学的操场上跳舞。

村民们平时饭菜比较简单，没有什么好吃的，因此在盂兰盆节的时候就做各种好吃的东西，算是饱一年的口福。农民们也经常把红豆年糕、干鲣鱼什么的送给我。那种白酒我也喝了不少。白酒的味道浓郁芳醇，难以言喻，酸甜适度，柔和而有劲，端着茶碗坐在地炉边上自斟自酌，心情宁静，那种情趣简直是令人陶醉的最高境界。但如果喝伤了，后果又非常糟糕。苦涩发酸的高度烈酒咽下去，在肚子里灼热燃烧，在胃里继续发酵，就会使劲地打嗝。即便如此，村里人依然嗜酒如命，不能自已，所以胃溃疡患者特别多，每年都有很多人死于胃穿孔。农民无酒干不了活，清酒又太贵，买不起，才不得不如此。

那么，农家是怎么喝酒的呢？把人叫到家里以后，先吃一点饭，垫一下肚子。坐在地炉边上，就着酱汤和咸菜吃一两碗饭，然后一边吸烟一边和其他客人闲聊。这闲聊的时间相当长，长的会有三四个小时，这期间客人逐渐到齐。接着摆放食案，席位安排好以后各自入座，端起漆酒杯开始敬酒的仪式。三杯下肚，不拘礼节，场面便开始热闹起来，人们从座位上站起来，拿着酒壶和外黑里红的漆器大酒杯，摇摇晃晃地互相对喝。这时，主人从里屋搬出大鼓，咚咚咚地敲起来。领唱者首先展现歌喉，接着大家合唱，曲目一般是《祝歌》。虽然旋律单调，但似乎是一种礼仪规矩，由五段组成，相当长。唱完以后，人们各自演唱拿手绝活，扯着嗓门，声嘶力竭，其他人使劲打拍子，呼喊喝彩，声音回荡在门外的崇山峻岭之中。这期间，大家咕嘟咕嘟大口喝酒，主人只要看见有人偷懒，就使劲劝酒，将阻挡的手推开，逼客人喝下去。接着这家的姑娘、大妈、大娘列队出来，开始跳各种各样的舞蹈。我经常看到一支名叫“大黑舞”[①]的舞蹈。客人也加入跳舞的行列，踉踉跄跄，手舞足蹈，有的人最后直接趴在地上，烂醉如泥。这场酒不喝得酩酊大醉不罢休。幸亏我酒量还不错，喝到最后也就是昏昏沉沉，准备回去的时候，坐在门口穿长筒胶鞋，这家的主人拿着酒壶和酒杯又追上来热情地灌酒。这叫作“送行酒”。喝过这杯酒，主人再把点心礼品送给客人。此时天色已暗，我走在路上，身后传来那家人高声的喧闹和热烈的鼓声，几乎吞没溪流的水声。我不知道他们要这样闹到几点才结束。不过，岩手人都好得不可思议，这么没有规矩的闹腾，却没有引发粗野的打架。听说岩手人吵架相当凶，但不像关东人那样没说几句就出手，我在这儿的八年里从没见过他们打架。

过了盂兰盆节，村子一下子安静下来。草木停止生长，开始专心致志地孕育果实。田地间，西红柿、茄子、菜豆正是硕果累累，小豆、大豆茁壮成长，伏天播下的萝卜种子也生根发芽了，白菜、秋圆白菜也开始包心结球，过了

① 始于室町时代的舞蹈形式，舞者表演时往往会戴大黑天的面具和红色头巾。现留存于山形县等地。

二次花期的土豆正在形成块茎，芋头的母根四周长出了许多芋仔，南瓜、西瓜、南部倭瓜也结出圆鼓鼓的可爱的小瓜。当天香百合的白花点缀山间，芳香四处飘溢的时候，便到了栗子收获的季节。

从山麓到低矮的山腰，东北地区多有栗子树。栗子木材质地坚硬，却生长极快。砍伐之后，很快又长成一片树林，而且秋天结出很多栗子果实，似乎采都采不完。整个村子坐落于山口处，我家位置靠里，周围都是栗子树，一到九月底，几乎都在打栗子。

白天还有点热，但早晨的空气相当清凉，透着丝丝寒意。我奔出门外，为着呼吸这清晨新鲜清爽的空气，却见地面上到处都是咖啡色的栗子。这些栗子刚刚从树上掉下来，色泽鲜艳明亮，给人清洁的感觉，尤其是壳上的白色格外显眼，充满生命的活力。栗子散落在潮湿的地面上，那黑色与褐色呈现出优雅的和谐之美。我俯身捡拾，发现遍地都是，在茂盛的韭菜叶中、菊花后头、芒草根部都有栗子泛着光泽。我每天早上捡拾一笸箩，其余的弃之不顾。我捡栗子的时候，树上还噼里啪啦地往下掉栗子，砸在屋顶上发出很大的声音。山白竹上也落有栗子，但落在树下草丛里的栗子很难找到，居然“深藏不露”。

山上的栗子多是个儿小的茅栗，但我居住的小屋周边的栗子大小介于丹波栗和茅栗之间，适合食用。每天或是蒸栗子饭，或是煮栗子，或是在地炉上烤栗子。用打湿的纸包着栗子埋在炭灰里焖烤，剥开来，在电灯下咬着吃，不禁想起过去在巴黎街头叫卖的“炒栗子啊，炒栗子啊”的味道。把装着栗子的三角纸袋放在口袋里，边走边吃热乎乎的栗子,回想起来恍如梦中。那是在巴黎,这是在岩手，想到这里，不由得生出一种愉快的感觉。

村里的小孩和大妈经常提着篮子来捡栗子。后山南面背阴处的栗子很多，捡都捡不完，好像自然而然就有哪个地方的栗子最好吃的定论。捡栗子时会不知不觉往深山老林里走去，不时有人遇见熊的踪迹，吓得赶紧往回跑。熊也喜欢吃栗子和橡子，所以这个季节经常出来。它好像会在树杈上搭个架子，坐在上面吃栗子。

萧瑟秋风一夜紧，顿时感觉到季节的变化。西山吹来的冷风摇曳着芒草，拂去昨日白昼的残热，阳光温煦暖人，清爽微凉，东北地区每天都是如宝石般的璀璨金秋。天空蓝中透绿，清澈澄明，候鸟南飞，伯劳鸣叫，成群的红蜻蜓低飞盘旋。一望无际的芒草原野上，白色的穗子随风披靡，如大海起伏的波浪。看到这剧烈的波动，我想起瓦格纳的《黎恩济》序曲那奔放的激情。我沿着芒草原野中的小路前行，路边盛开着紫菀属的白花、紫花，高高的黄花龙牙、白花败酱如鹤立鸡群般绽放。接着是桔梗深紫色的花，最后是龙胆低矮的花蕾。龙胆草坚韧强劲，霜降的时候依然开花。这个时候，孩子们会漫山遍野奔跑寻找木通果。路边经常看见吃完后随手扔掉的木通淡紫色的果皮。我仿佛能看见孩子们发现木通果时那兴奋发亮的眼睛。孩子吃木通，牛马吃胡枝子。村民们发现牛马喜欢这种豆科植物，于是割下来，堆得像小山一样背下山，给它们作饲料。胡枝子在山野间生长茂盛，这个地方生长的是那种淡红色的山胡枝子。我把美丽的胡枝子的根移植在小屋周围，长得枝繁叶茂，开紫红的花。胡枝子的生命力十分强悍，以落叶为肥料茁壮生长，到秋天绽放无数红花，白花点缀其中，情趣盎然。据说牛马尤其喜欢开白花的胡枝子。另外，秋天的山野中耀人眼目的还有伞形科的花儿。楤木、独活等伸展巨大的花茎，向着天空如烟花般绽开灰白色的花朵。属于高山植物的各色花儿也随处可见。金秋的山野繁花似锦，山间小路不忍下脚。

虽说遍地鲜花不忍下脚，但秋天里蝮蛇特别多。蝮蛇在夏天比较老实，到秋天便性情暴烈，经常主动进攻。它一般盘在路边，如果人离它太近，就突然扑过来。它们盘成一团，那样子就像随时准备发起攻击。岩手这个地方把蝮蛇叫作“kuchibami”。我的小房子就建在据说是蝮蛇窝的那一片林子里，与蝮蛇甚为亲近。蝮蛇好像是一家子住在固定的窝里，每年都在固定的地方出现，这时我不随便乱走，所以从来没有被蝮蛇咬过。村里人时常被蛇咬。一旦被咬，就会肿起来，要折腾受苦两三周。有捕蛇者手持木棍，用棍头紧紧按住蛇头七寸处，迅速地抓住蛇头，掰开蛇嘴拔牙，从嘴边划一道口将蛇皮剥下来。白白的蛇肉可以烤着吃，也可以做下酒菜，配上烧酒。活的蝮蛇拿到城里，据说一条可以卖几百日元。花卷车站前面广场的小摊上总有炭烤蛇肉卖。那是真的蝮蛇。

秋天的红叶在十月中旬，但山漆和漆树的叶子在九月末就开始发红，连树干都染上淡淡的绯色，点缀在万绿之中，格外耀眼。不久，村子周边的群山从山顶开始着色，渐至层林尽染，满山飞霞。杂树林的红叶比枫叶的单色更加美得醉人，红色、茶色、褐色、淡黄色、金色，色彩依树不同，五彩缤纷，大自然的造化实在妙不可言。叫山口山的三角山上，山腰的山毛榉和连香树等大树都金光闪耀，蔚为壮观，如见平安朝时代的佛画。不可思议的是，用油画也无法大胆地表现出日本这富有浓厚美感的秋色。不过我觉得梅原龙三郎可以做到。红叶不仅将树叶，也将树下的每一片草叶都变成贵重之物。走在路上如同踩踏锦缎。连平时觉得微不足道不值一顾的蔓草也染上了庄严的

红色。

十月上旬是欣赏明月的最好时节，因为月亮出来的角度不同，这时候月亮所处的位置正是人们抬头望月的最佳角度。从我的小屋附近看去，月亮从北上山脉的山峦、早池峰山脉南面低矮的山岭一带升起来，缓缓地从南面的天空朝秋田县的群山移过去。天空纤尘不染，月光格外明亮。如果入浴，月光会照射在浴盆的清水里；如果到原野上行走，芒草白穗荡漾着银色的波光。这样的夜晚，睡觉是多么的可惜，我经常沐浴着皎洁如水的月色，独自在没有人影的山野漫步到深夜。回到家里，或是切西瓜，或是剥栗子，或是吃芋头。有时候一晚上还会遇到一两次美丽的狐狸。当红叶逐渐飘落，当月色逐渐朦胧的时候，便是采蘑菇的时节了。

这一带的秋蘑中，最早冒出来的是网蕈。这种蘑菇的菌盖背面不是菌褶，而是无数如网眼的小孔。在小屋周围的赤杨树根部的落叶中偶然会看见，只要发现一朵，就会接连发现好些，有时在草地上长成一列。这种蘑菇可以直接做汤，也可以用线串起来晒干，常用于烹调。虽然说不上味道鲜美，但弃之可惜。松树成片的地方有青乳菇，东北地区没有上等的青乳菇，数量也少，香气和口味都比京都地区的逊色。这一带量大味美的蘑菇是蟹味菇，所谓的

“金菇”“银菇”也属于这个种类，外观美丽，味道可口。金菇色黄，银菇色白，大小如香菇，丛生于落叶之中。村里人把金菇、银菇用盐腌后，留到正月食用。银菇酱汤是正月的一道山珍佳肴。还有一种深紫色的漂亮的蟹味菇，叫“紫菇”，但味道不佳。其他如沿丝伞菌、臼菇、鸡油菌等都可以食用，但这一带没有滑菇。当然，毒蘑菇也不少，猩红的红菇、有斑点的豹斑鹅膏菌都是可怕的毒蘑菇，还有一种在夜间发出磷光的月夜蕈，形状与香菇极为相似，散发着淡淡的臭味，菌褶很细，黑暗的夜晚在树根处闪烁微光，令人不寒而栗。赤褶菇也有剧毒，鬼笔鹅膏菌的毒性可以致人死命。蘑菇中最为珍贵的是灰树花菌和花菇。灰树花菌长于深山，大的能达到一贯目[1]多，在粗壮的菌柄上面集簇生长着状似老鼠脚丫的灰白色菌盖，味道鲜美，宜做汤，是厨师喜欢的食材。据说有猎人上山专门寻找这种灰树花菌，拿到城里高价出售，足够维持一段时间的生活。当地人把花菇叫作“马喰菇”，的确名副其实，看上去有点可怕，菇面状似酒盅，颜色黑，菌丝多，好像就是马吃的东西。花菇的个头也很大，城里人很喜欢，晒干后香气馥郁，宜做清汤。肉厚有咬头，食后有一种充实感。

---

① 重量单位，1 贯目约合 3.75 千克。

我将蘑菇与图鉴里的照片进行对照，凡是能吃的都品尝一遍，村里人不吃的蘑菇，我也照吃不误。有一种硬皮地星，成熟以后会喷出如烟似雾的孢子，我就吃幼嫩时期的它。我还吃过绒盖牛肝菌。这种蘑菇的个头也不算小，长相傻乎乎的，村里人都叫它“豆馅面包”，瞧不上眼。尽管形状似“豆馅面包”，味道也不好吃，但还是有可爱之处。

说到秋虫，那话题就说不完了。入夜以后，总之所有的秋虫都在我的小屋周围鸣叫。只是没听见纺织娘的叫声，这可能是乡下才有的虫子。和东京一样，蟋蟀是叫得最久的，直到下雪的时候，还藏在什么角落里断断续续地嘶鸣。看似可怜，其实说明它具有顽强的生命力。

进入十月以后，到了收获的季节，忙碌而愉快的日子一直持续到十一月末。首先是割稗子。因为稗子容易从穗里脱落下来，好像有固定的收割时期。把稗子从根部割下来以后，大约十把捆成一束，张开呈三角形支立起来，并列摆开，当地人把这叫作“sima”。收割完稗子，接着是谷子。谷子低垂着金黄色的饱满的穗，姿态优美。土豆这时都已经挖出来，菜豆、小豆、大豆也已收获完毕。豆类收割完以后，把大豆枝茎放在屋檐下晒干，这是牛马过冬的主要饲料。割稻的时候如同一场战斗，每天全家要一起出动，从早到晚没有休息的时间。这是与天气的竞赛。割下来的稻子倒放在田埂上几天，然后挂在正规的稻架上。稻田里竖起粗大的木棒，有的把稻束圆圆地叠放在木棒的高处，有的叠放在低处，晚上看上去像站着一个个巨人。一般的做法是用圆木横摆成四层的架子，稻束并排倒挂在上面，如同道路两侧出现了稻穗的墙壁似的。从这金黄色的稻束墙壁的中间走过去，一种独特的稻谷芳香扑鼻而来，感觉农民大部分的农事基本上已经顺利完成，令人放心。我到城里办事回来的时候，看着这沉甸甸的稻穗，心头也感到高兴。稻谷有大粒也有小粒，有长穗也有短穗，好像是品种不同的区别。无论如何，沐浴着这浓烈的、如母亲怀抱的气味那样甘醇甜美的芬芳，令人心旷神怡。当我走出村子，即将回到森林后面自己的小屋的时候，带着稻谷芳馨的人间气息不知不觉地消失，凛冽的富含臭氧的微风从群山之中吹拂过来，清新无比，大自然的芬芳仿佛充盈着我的胸口。(关于秋天的时鲜苹果，我将另文撰写。)

(昭和二十八年十月《妇人公论》)

花卷温泉

如同宫泽贤治[1]的诗歌里出现的那种梦幻般可爱的电车，从花卷市分东西两路轻快地奔跑。东路是开往花卷温泉的花卷线，再往里去是有台温泉；西路是铅温泉线，途经志户平、大泽、铅等温泉，终点是西铅温泉。

东西两条线的温泉群统称花卷温泉乡。最近新的旅行者往往是从花卷站一下车，就乘坐高档车直奔温泉所在的目的地。这直奔而去的距离，乘坐轻便火车到花卷温泉需要半个小时，到铅温泉则需要一个小时，沿途浓郁的色彩将勾起几多旅情啊。

铅温泉线的第一站是以温泉泳池著称的志户平温泉，现在也是奥运会游泳选手的集训点。下雪也可以游泳是其

---

① 宫泽贤治（1896－1933），昭和时代早期的诗人、童话作家。主要作品有童话《银河铁道之夜》《风之又三郎》，诗集《春天与阿修罗》等。

最大的卖点，经常出现在杂志的封面上。

第二站是大泽温泉，沿着丰泽川两岸修建有温泉旅馆，风景比志户平美丽，民风淳朴，温泉的水质也很好。我经常去，住在山水阁。

从花卷站发车一个小时，才到第四站铅温泉，在相当高的深山里。现在有除雪车，不必担心下雪的问题。我居住在那里的时候，一下雪电车就停运，十分麻烦。

铅温泉自古以来就享誉国内外，有一间非常大的浴池，总是人满为患。如果从高处看下去，人们密密麻麻地站在浴池里，就像一根根萝卜，蔚为壮观。

温泉一般都是利用管道把热水引过来，铅温泉却是直接从地下涌流上来的。用脚丫搅动一下温泉出水口底层的沙子，就扑哧扑哧地冒泡，气泡粘在身上，又一下子迸开，倒蛮有意思的，据说这个温泉的疗效不错。

过去是男女混浴，农民、当地的姑娘、城里来的客人都泡在一池热水里，其乐融融。后来警察来干涉，说“必须男女有别”，没有办法，只好形式上用木板隔开。然而，这下子浴池更热闹了。

起先是男女分别从不同的入口进来，但是当地的女人比男人还豪爽，一边入浴一边扯着好嗓门唱起来，男的这边附和着，最后双方开始轮番比赛唱歌，一边唱完，另一边开始领唱，把隔板敲得咚咚响。隔板经不起敲打，坍塌下来，于是男女双方又疯闹起来，乐不可支。

我惊讶的是在深山里居然能修建这么大的旅馆，而且还是钢筋水泥的建筑。

我有一个习惯，去山中温泉的时候，尤其是这种位于高处的旅馆，总要随身带一根绳子，万一发生火灾，容易脱险。

从铅温泉再往里一里路，就是终点站西铅温泉。这儿是从河底涌上来的纯天然的温泉，只有一间名叫“某某更生寮[①]”的房子兼作宿舍，所以住宿费也非常便宜。

我患肺炎后，曾在此处休养十几天。这座更生寮似乎是明治初期的建筑，但构造却十分考究，我觉得都可以定为文化遗产了。整套房子都是楔子结构，浴室的入口横着一根巨大的栗木脊檩，令我惊叹。连隔扇也是用木条做出各种各样的形状。我在这儿画了不少素描，我觉得仅仅为了观看这座建筑物，都值得来西铅温泉一趟。

西铅温泉的深处有一个名叫丰泽的村落，虽通国道，

---

① 即更生设施，日本政府给犯罪出狱的青少年提供居住的地方。文中的更生寮是由更生设施改建的旅馆。

却因为人烟稀少而野草丛生。村民极其纯朴，是东京人无法想象的性格。这里居住着猎熊的高手，当地称猎人为“叉鬼”[①]，拜托他的话，会给你熊胃之类的东西。我去的时候，他什么都没有，只好喝点米酒聊聊天。税务署办事员来的时候，要是不小心抱怨几句，村里人就围拢过来，把他揍个半死。所以税务署说丰泽村简直就是“鬼门关”。

进入秋天，这一带的蘑菇长势喜人，滑菇、香菇、花菇等到深山里才能采到。丰泽的“叉鬼”和农民中有采蘑菇的高手，专门采摘名贵的蘑菇，然后高价出售。他们不会把名贵蘑菇的生长地告诉别人，这是绝对的秘密，即使是父子之间也互不通气，当然更不会告诉我们。请他们带路，往往带到半山腰，告诉我们一般的蘑菇的生长地，然后说自己要走了，便急匆匆回头离去。

花卷线这一条线路上，要说温泉群，只有花卷和台温泉两处。

花卷温泉本来就是一处人工温泉，是在不太高的群山间开挖建造的温泉。

宫泽贤治的父亲和当时的岩手殖产银行的行长金田一

① 一般指居住在日本东北地区，利用古老方法进行集体狩猎的人们，狩猎时使用自己特殊的语言，过着坚守古老传统的生活。

国夫先生等五六个人计划营造温泉，从台温泉把沸腾般的热水用管道引到如今的花卷温泉，当年这个地方曾是自然公园。表面上看，花卷温泉是各家旅馆相互竞争经营，实际上整个花卷温泉属于同一家公司，所以各家旅馆之间并不会有同类相残的担心。这是东北人，尤其是花卷人擅长的经营手法，所以花卷温泉现在才能压倒盛冈，扬名全国。

金田一先生是诞生于花卷的杰出实业家，他修建了从釜石到花卷的轻便铁路，还成立制冰公司，给鲜鱼的物流运输业带来深刻的变化，在物质和精神两方面为花卷的发展做出了巨大的贡献。但是在后来的经济危机中破产（此人性格固执，和当时的大臣的关系搞得很僵，没能获得贷款），使整个花卷地区陷入困境，遭到众人的痛恨，最终只好远走国外。晚年在东京孤独地死去，依然没有得到大家的谅解。但是，我认为不能忘记金田一先生对花卷的发展所做出的努力。前些年，花卷温泉为他竖立了诗碑，我写了一首诗歌，算是对他的赠别之言。

那位著名的诗人宫泽贤治参与温泉的设计，使我对花卷温泉深感兴趣。

据说这个地方还是自然公园的时候，宫泽贤治就多次劝父亲把这块地买下来。他父亲认为这样做有点投机风险，便一天天地拖下来，到后来建温泉的项目提上日程，靠个人的力量就难以买下来了。不能不说贤治的眼光锐利而长远。

贤治在笔记本上详细描述建设花卷温泉的美好规划，例如为了使一年四季鲜花不断，他考虑要种植什么样的花，打算修建樱花道，像日比谷公园那样种植各色各样的鲜花，还要开辟一个植物园，种植有代表性的树木，再饲养一些鸟兽等，颇具独创性。

如今花卷温泉的正中间是一条宽敞的樱花道，已经成为该地的著名景点，还有温泉泳池、动物园、植物园、网球场、高尔夫球场，设施齐全。这些规划的原点都是贤治的设想。

前面说过，花卷的旅馆实行统一的经营方式，自然形成排名榜。最里面的水云阁规模最大，位于高处的别馆最为高档，是皇室和富豪的下榻之地。我们这种平民也可以住宿，建筑的确富丽堂皇。水云阁下面有红叶馆、千秋阁、花盛馆等几家旅馆，感觉水云阁过于拘束、喜欢自由轻松的客人可以住在这里。

另外，大路两侧还有可以出租的温泉别墅，多是一家人租用。由于热水是从台温泉引过来的，以前水温低，是个缺点，后来改为粗管道，这样热水就能供应充足。一家旅馆大致有三四个浴池，也有家庭浴池。

花卷温泉的经营管理层有五六人，都是头脑精明、各有所长的人。例如岩手县前游泳第一把手现在还在管理温泉泳池。此外还有练习过柔道和射箭的运动员参与管理，所以花卷发展得欣欣向荣。

对女招待等的训练也很用心周到，每年都要召开讲习会，讲解当地的悠久历史，还教她们唱歌。只要提出要求，她们就会表演著名的狮子舞、插秧舞等。

台温泉在花卷线终点站还要往里大约一里地，电车发车和到达时都有汽车接送。

台温泉地方不大，却并排着十几家旅馆，还有艺伎屋。因为那里的热水不错，我偶尔也去，但一整夜三味线锵锵锵吵得实在闹心。不过，服务的确无微不至，这大概也让东京人心满意足。听说热海现在时兴这个，于是这里的旅馆也迫不及待地模仿。这么偏僻的山沟沟，这一点倒走在前列。

以前，我曾和草野心平[①]一起来过台温泉，隔壁房间

① 草野心平（1903－1988），昭和时期诗人，主要作品有《第百阶级》《草野心平诗集》等。

吵吵嚷嚷，走廊上有人大声唱歌，对面的房间里有人在尽情跳舞，闹得我们一整夜未能合眼，于是两人开始对饮。掌柜知道这两个人酒量都很大，就从账房派来一个身强力壮的女招待助酒兴，还你一杯我一杯地叫板，进行比赛。不一会儿，眼前就摆上了几十个酒瓶。真要乘着酒兴喝起来，那可不得了。

不过，都是嗜酒的人，索性直接举办一场酒宴，那肯定很有意思。总之，在花卷温泉花天酒地，在台温泉醉卧温柔乡，倒是冶游之地。

说到去花卷游玩的季节，秋天固然不错，冬天可以滑雪，但最佳的还是开花时节。春夏之际，团体游客蜂拥而至，还是避开这个高峰为宜。

这里的土特产，有馒头、木雕偶人、烟斗，还有本地烧制的瓷器。用花卷泥土烧制的瓷碗等器具情趣优雅。

另外还有山鸡风味料理，名字怪怪的水果，好吃的东西很多。旅馆的饭菜虽然价格较贵，但的确味道鲜美。

还有，我喜欢不对人欺诈耍滑的真正温泉乡的风格。水上人也好，热海人也好，都是嘴上甜言蜜语，其实让人总觉得会上当受骗，越是说得好听，越要提高警惕。例如让人去停车场取个什么东西来，一会儿工夫就会伸手跟你要钱。而花卷温泉不会有这种事，客人悠闲自在，对方也自在悠闲，互相之间可以畅怀聊天。

花卷的确是好温泉。

（昭和三十一年三月《旅行手帖》）

陆奥书简

（一）一九四九年十二月

以后要时常给《昴》撰写陆奥书简，但我深居山中，少有引人关注的轰动事情，更是极少接触激烈的社会事件，所以撰写的大概只是极其平凡的身边琐事。

陆奥的范围大概是奥州白河关以北的地区，如此一来，岩手县稗贯郡这一带正好处在陆奥的正中间，北纬三十九度十分到二十分的沿线地区。设有著名的纬度观测站的水泽町在南面大约八里的地方。天体也与东京所见的大不一样，星座的高度清晰可见，感觉北斗七星就覆盖在头顶之上。大概是山上空气清澄透明的缘故，夜间满天繁星，灿烂明亮，一等星大得令人恐惧。就星座而言，无论是冬天的猎户座，还是夏天的天蝎座，都如同近距离地观看从宇宙空间垂下来的熊熊燃烧的物体。即便是像木星那样的行星，在它从地平线缓缓出现的时候，感觉与东京所见的也不是一样的东西，可以说就是一个小月亮，让我大吃一惊。星光落在小屋前面水田的清水里，映照着周边泛着亮光，这星光仿佛奇妙地洒进我的心胸。古人把拂晓的金星称为“虚空藏”，这种敬畏之心油然而生。夜半以后，我起床解手，总是情不自禁地眺望星空，忘记了寒冷。哪怕是为了观赏这种超然之美，我也不想离开这山间小屋。能尽情欣赏这种无与伦比的绝色之美，我只有对这样的幸运满怀感谢之情。即使余生只剩下一二十年，在这有生之年，我也想享受这大自然带给我的喜悦。宫泽贤治频频创作关于星星的诗，表现出对星空强烈丰富的想象力，他的银河铁道这样异想天开的构思绝不是凭空幻想，完全是来自实际感受的自然而然的表现。

我现在一边咳血一边撰稿。我想不会是结核病（或许真的是结核病吗），大概是支气管哪个部位的毛细血管破裂造成的。这七八年来早已习惯，虽然不干体力活儿，但所有的工作都是火烧眉毛，逼得我不得不加班加点，这时候就会咳血。这血一般在一天后才咳出来，颜色如瘀血一样呈暗红色。这一次也是如此。从两三天前开始，又是盖检验章，又要撰写这篇文稿和进行封面装帧，还有其他

竹の花

三四样非常急的约稿。我一直伏案写作，自我催促，但有时又觉得何必管那么多呢，总会完成的。

（昭和二十四年十二月《昴》）

（二）

身体状态不错，于是按计划于一月十三日冒着风速二十米每秒的暴风雪下山，来到盛冈市，参加县立美术工艺学校主办的中小学教员美术讲习会。当天，学校特地派两名老师上山接我，为我拿东西，帮了大忙，不过这一路着实难走。

县立美术工艺学校是在现在还是县议员的画家桥本八百二[①]等的热心提倡和积极斡旋下，于前年创办的，由美术史专家森口多里[②]先生担任校长，本地出身的为数不多的美术家担任教职员，逐渐成了一所艺术学府兼技术培训基地。我也主张文化向地方分散，为振兴岩手地方文化，

① 桥本八百二（1903－1979），西洋画家，曾任岩手县议员，代表作有《交替时间》《凯旋门》《岩手山》等。

② 森口多里（1892－1984），美术史家、民俗学者，著有《异端的画家》《美术八十年史》等。

不遗余力地支持该学校的发展，因此受到邀请后，便决定参加这次讲习会。

由于难得下山的缘故，借着这次出席讲习会的机会，又接受各方面的邀请，结果在盛冈市逗留了五天，做了七场讲演。最后一天举办的“吃猪头肉大会”，很有意思。

我历来主张，以粗茶淡饭为荣的地方要多吃营养均衡的食物。人类总有一天可以通过合成食品摄取充足的营养，但在这一天来临之前，必须猎杀鸟兽鱼虫来供养自己的身体。

虽然残酷，却不得已而为之。我以为，推动日本文化前进之路始于对生理的改革，而且只能多吃动物的肉和奶制品来积极地维持健康的体魄，但有人说多吃肉是一种奢侈浪费。说到肉，似乎人们想到的是里脊肉、肋排，但就我的经验而言，肉类中最有营养且味道鲜美的则是许多人弃之不顾的内脏。牛尾自不待言，肝脏、肾脏、心脏、脑以及其他内脏都是很珍贵的，而且市场价格不及碎肉的一半（花卷地区的猪肝价格是一百匁[①]七十日元），于是我向那些爱吃内脏的人推荐。盛冈的同好者知道以后，那天晚上为我举办了一场“吃猪头肉大会”。其实有点名不副实，

① 重量单位，1 匁约为 3.75 克。

不如说当天晚上吃的是高档的北京菜。在北京居住二十多年的中餐烹饪高手滨田大展手艺。三十多位盛冈的文化界人士在一起愉快地聚会，吃的是罕见的菜肴。

盛冈最迷人的景色是从公园的观景台眺望岩手山。我将在另外的文章中介绍岩手山。

上一封书简中我提到的咳血的老毛病，在两三天内就痊愈了，此后感觉身体健壮。

（昭和二十五年四月《昴》）

（三）

今年四月十九日至三十日，在盛冈市川德画廊举办了智惠子[1]的剪贴画遗作展，由岩手的几家美术团体和新岩手日报社联合举办，同时展出的还有岩手独立派艺术家的展览会。剪贴画展由画家深泽省三和雕刻家堀江赳二位共同负责。他们从存放在花卷医院院长佐藤隆房家里的三百

---

① 高村智惠子（1886－1938），明治时代的西洋画家、剪贴画作者，本书作者高村光太郎的妻子。养病期间，创作一千多幅剪贴画。在她去世后，高村光太郎出版诗集《智惠子抄》。在她的出生地建有“智惠子纪念馆”。

多张剪贴画中挑选出三十多幅，用画框装裱起来，并排放在朴素淡雅的绷布上。我于四月二十九日去盛冈市，三十日观看了这个画展。

重温智惠子的作品依然令人感动，而且同时观赏这么多的作品还是第一次，与一张张放在膝盖上观看的感觉不一样，这种扑面而来的整体性的美让我感到震惊。一个人的作品有三十幅，就能形成一种独特的氛围。人处在这种氛围中，犹如行走在森林里，能感觉到一种气息。

一眼看去，智惠子的作品造型出色，有艺术的健康感，处处充满理性的细腻和智慧，洋溢着崭新的初始的喜悦。从隐藏于心灵深处的皱襞间悄然冒出的满含感情的温暖与微笑，与造型严谨的结构所必需的剪裁融合成美丽的音符，流淌出来。

展出的剪贴画都取材于日常可见的身边素材，总体上属于现实主义倾向，但已经超越了抽象画派的境界，所以没有单纯的朴素写实主义的幼稚感。色调与剪裁量的比例非常均衡，弥漫着微妙的理性之美，不存在丝毫的偶然性，展现出自由、自然、润泽、丰饶，乃至时而诙谐的风格。作品中有紫菜卷寿司、盘里的生鱼片、莺饼、墨鱼骨与墨鱼嘴、各种鲜花、温室里的葡萄、小鸟和黄瓜、小鸟和蕨菜，最后还有和实物一样的药袋等，全都生动活泼。这些画都是用各种色纸剪裁，再贴在衬纸上制作而成。智惠子使用的是修指甲的那种前端翘起的小剪刀剪纸，拼贴出各种形象的作品。她运用绘画的色彩和纸的不同颜色来形成反差与和谐，一张包装纸的深灰色都会成为珍贵的银灰色。她使用剪刀的手法和把剪纸贴在衬纸上的技术常常让人感觉非人力所能及，是极为高超的技巧。智惠子研究过油画，因为无论如何也无法得心应手地处理调色板上的颜料而感到绝望，曾经服用阿达林试图自杀。后来在精神病院里，在剪贴画中充分感受到从油画颜料中解脱出来的造型构图的喜悦。这些都是她十几年前创作的一千多幅作品中的一部分。

附记：岩手大学精神病科的三浦信之博士曾对我说，这些作品中只有三幅可以断定是精神异常者的作品。

（昭和二十五年五月《昴》）

（四）

今年冬天肋间神经痛，现在执笔写作的时候，感觉疼痛加剧。其因在于搬迁后的五年里从事着从未干过的农活，这种体力活相当辛苦，今冬也异常严寒，还有战争结束后三四年里那可怕的严重营养不良的生活——如今回想起来，那种贫瘠的日子居然平安地熬过来了。大概可以理解为是内分泌出了某种问题，是一种老年病，也是自然的年龄增长对生理发出的警告吧。我想今年要减少过重的农活负担，还要修缮小屋以防备自然灾害的威胁，同时要尽量合理地调整饮食。有段时间我的病情逐渐减轻了，我有一种病会自然痊愈的想法，但这是不可能的，因为疾病并未痊愈，还潜伏在体内，每到换季时就发作。所以我去买了“心”医院的木村大夫说“很有效”的针剂，打算根治。这个村子没有医生，也没有保健护士，我只好自己给自己打针。

上面所说的是我患病的远因，近因似乎是去年年末一直忙于盖检验章。检验纸必须一张张地贴在每本书上，我希望废除这种习惯的时代早日到来。到那时，贴有证书印纸的书籍也会成为高价的古董，这样的日子在我的有生之年能否来临呢？感觉没有把握。

除了远因近因之外，此病还有深层原因。那就是精神的深层痛苦。生在现代的东方人，其心灵肯定都会深藏悲伤，根据每个人生理结构的不同，造成肉体上的苦恼。每次呼吸都会疼痛的肋间神经痛，和每说一句话都会引起的精神深处的剧痛是相呼应的。只要有这个深层原因存在，一种症状治愈，大概又会出现其他症状。我已经做好了思想准备。

今天是三月二十八日，山间大雪纷飞。天气曾一度转暖，如今又倒流回去。水田里的赤蛙今年在春分第一天就开始鸣叫，而今天却静寂无声，只有啄木鸟依然在雪中活跃。刚刚融化的雪水如冲决堤坝似的流淌到道路上，令穿着矮靿鞋的来客进退不得。看今年这样子，与雪真正告别大概得到四月中旬了。积雪融化以后就要种豌豆角，到那时我是否能消除疼痛，手持铁锹干活呢？只有小葱从雪中伸出翠绿的叶子，韭菜和大蒜应该也快发芽了。我喜欢韭菜鸡蛋汤，所以有点急切等待的感觉。今年由于雪厚，搭建在水井上面的棚子被压塌了。我只能缩着脖子汲水洗脸。

（昭和二十六年三月《昴》）

七月一日

日出时有横向之云彩，天气晴朗，有二十三度。朝露浓厚，土地湿润。与往常一样用地炉生火，蒸热剩饭，做酱汤。汤里放“水菜”和鲱鱼干。“水菜”是去年来东北以后才知道的山里的野菜，其实是一种山珍。本名似乎叫“伞花楼梯草”，生长在深山、溪谷、崖边这样水多的地方，高的也就二尺左右，名副其实有水灵灵的绿叶和茎，靠近根部的地方晕染着美丽的淡红色。这种草只有一根直立的茎，没有分枝。茎也可以吃，凉拌、盐腌、做酱汤，味道都很鲜美，如蕨菜般滑溜，有咬头，味道清爽。闻起来没有什么气味。水菜的茎煮不烂，总是那么坚挺。岩手县的人们视其为山珍，经常食用。整个夏天都可以采摘，但必须到深山里才有，所以城里人多是从市场购买。价格应该不菲。村里的农民恭三和小学分校校长的夫人送给我一些，水菜的滑溜与鲱鱼的脂肪可以很好地调和在一起。

做饭的时候，我会先到地里转一圈，除除害虫。刚开始感觉很恶心，但现在不管什么虫子都可以用手指捻死。顺便摘一点山东白菜的叶子和水芹，用盐揉一揉，就是新鲜的咸菜。我一般在早晨六点吃完早饭，黄莺和杜鹃就在小屋周边不停地鸣唱。天还没亮杜鹃就开始鸣叫，会叫一整天，声音显得那么急促，“本尊来了吗[①]”地叫着，一刻不停，如此痛切求友的鸟儿实在少见，那种迫切的感觉与蝉很相似。远处还传来布谷鸟的叫声。我的小屋周围没有麻雀，但有鹡鸰。鹡鸰吃东西很粗鲁，连脏东西都啄。只有黄莺的婉转啼鸣最为优雅，飞越山谷时的叫声压倒群鸟，只留下令人回味的余韵。

（昭和二十一年七月一日）

① 杜鹃的叫声与日语“ホンゾンカケタカ”（本尊来了吗）相似。

过年

无论什么节，前一天晚上是最为快乐的，甚至比节日当天更加快乐。这是因为能享受到双重快乐的缘故——今日的快乐还未消，明日的快乐又即将到来。例如节庆日的前夕、圣诞节的平安夜、新年的除夕夜都是如此。回想起孩提时代，除夕夜的快乐别有一番情趣，这是一年一度，只有那个夜晚才有的气氛。感觉心头热气腾腾的，家里似乎笼罩着一层难以言喻的气息，忙忙碌碌又乱哄哄的，却好像很注重某方面的规矩排场，总之是不能用一句话说清楚的那种快乐。在我小时候，商家结账大抵是半年一算，所以除夕这一天，按照惯例，从午后到夜间，商家的掌柜手持账本、提着灯笼接连不断地过来，坐在通往厨房的入口处。厨房的灶间已经装饰完毕，也给供奉在柱子高处的橱柜里的灶神换上了新的松枝和御币。奇怪的是，我还记得松枝上要用白色颜料横刷一道。总之，母亲认为灶神非常灵验，战战兢兢地供奉着。打开厨房的橱柜，大盘子里盛满了各种炖菜、小豆馅儿等东西，但大人说这是为正月准备的，小孩子现在不能碰。就在商家的掌柜忙碌的时候，一位从叫“二合半”的村子来的农民拉着板车到家里来，说着“这是一年里白送给我们肥料的谢礼”，把一捆捆萝卜堆放在土间，然后离去。大人对我们说除夕夜可以不睡觉，他们平时总是催我们早睡觉，所以孩子们一听都欢呼雀跃，非常高兴。元旦这一天不能动笤帚，所以除夕晚上大扫除，我打扫玄关、道路和院子，在门口挂起大灯笼。一会儿，“砂场”（奇怪的是，很多荞麦面店的店名叫“薮”或“砂场”）送来摞得高高的荞麦面蒸笼。伯伯、叔叔、爷爷也和我们坐在一起吃荞麦面，我感到非常幸福。爷爷常说：“一家人团聚在一起吃迎新荞麦面，值得庆幸啊。”

夜半，传来一百零八响撞钟的声音。我住在下谷仲御徒士町的时候，能听见浅草寺的钟声，住在谷中町的时候，能听见上野宽永寺的钟声。爷爷和弟弟妹妹们都睡觉去了，我和父母亲坐在起居室的长方形火盆前面，那时已经是凌晨两点多了。周围十分安静，只听见寒风摇晃大门的声音。在汽灯下，母亲拿出用半纸[①]折叠后竖着钉起来的账本，

① 长 24 厘米到 26 厘米、宽 32 厘米到 34 厘米的日本纸。

父亲也拿起算盘开始结算今年的账目。他一边喝着福茶，一边把算盘给我看，说“还剩下这么些”。大概结余五百到八百日元，在小孩子的眼里，认为这是大钱，从心底觉得父亲真了不起，是一家人的靠山。我记得一年的总支出大约两千日元。明天早晨可以睡懒觉，虽然睡不着，但还是钻进被窝里，心想明天第一个去学校。东京过年极少下雪，整个十二月还是小阳春天气。

现在又是怎么样呢？如今正是大雪天过年。当初十二三岁的孩子，现在已经六十四岁了，人称“老翁”。我在东京的房子被烧毁，疏散到陆中花卷以后，那里的家也被烧了，终于过上了憧憬多年的山林生活。今年，我在岩手县稗贯郡太田村的山口部落，一间四面八方没有人影的孤零零的小屋里，在茫茫白雪中迎接新的一年的到来。从去年十一月十七日晚上将被子搬进这三间见方的小屋以来，我就独自生活。翻看去年的日记，记载着十月末霜降（今年还未见初霜）。十一月二十八日下了太阳雪，那是第一场雪。二十九日屋内水冻成冰，这似乎是初次结冰。十二月二日有小雪，下了整整三天，四日积雪相当深厚，萝卜被冻。之后三天持续不停，雨雪纷纷，晴天的日子越来越少。二十九日细雪霏霏，村里人登山滑雪。除夕，村里来了一个小伙子，把我屋顶的积雪铲除下来。此前的十二月四日，村里来了很多年轻人，用茅草为我做好了防雪围墙，围在小屋子的西面，大概是阻挡强劲的西风，外观如一堵城墙。村民们使用旧历，所以除夕这天村里没有任何活动。我用树枝做一个被炉架，把被子搭在上面。与被炉相伴的生活已经开始，我意识到自己生来第一次体验这样新奇的新年，感慨万端，回想起爷爷，回想起父母亲，回想起智惠子，同时围绕着发生在日本的巨大变革，检查自己过去的行为，一直到深夜，而后，在万里无云的晴空下迎来了今年元旦的第一场日出。

（昭和二十一年十月二十九日）

积雪未融

山间积雪尚未消融。大概等雪融化还需要半个月。积雪的下部化为冰片（大概是所谓的“冰花”），新雪柔和地覆盖在上面，雪层松软暄腾。

把覆盖在上层的新雪扒开，露出下面坚硬的雪，开出一条通往我家的小路，但很快又被新雪掩埋。这里每隔三天就会下一天的雪，今天又是大雪。但毕竟和十二月的雪不一样，雪花较大，如棉絮和羽毛般轻飘，与其说是下雪，不如说有一种雪花飘落在万物上的感觉。

我凝视着这无数纷纷扬扬飘落飞舞的雪花，感到头晕。不过，这是心情舒服的晕眩，觉得自己的身体在空中飘浮。头戴防空头巾，手拿铁锨，冒着飞雪铲雪，真是一件愉快的事情。

这轻雪落在树枝上，落在头巾上，反而比真正的粒雪更富有雪的情趣。款冬花茎自不待言，连树芽都还没有冒出来，可是，似乎感觉春意已经在什么地方悄然萌动。

（昭和二十一年二月二十五日）

开垦

我所做的事情实在可怜，如果说是“开垦”，那简直是不知天高地厚。我在小屋周围挖了一小块地，去年栽种土豆。今年打算开垦一块比去年大一倍的土地，照样种土豆。另外再租赁三亩的旱田，种植各种菜蔬。目前就是这个计划。我不想勉强自己，今后也会根据自己的体力和时间做点力所能及的事情。如果为了取得好成绩勉力而为，不仅影响自己的艺术创作，体力也会透支，所以应该明确判断自己的工作范畴。过度使用体力这种事，会让人有种已经付出很多努力的感觉。就农民而言，他们会感觉劳动即意味着过度使用体力，甚至会产生不耗尽体力就不叫劳动的错觉，乃至出现“使用方便的农具就意味着多少有躲避劳动的想法”的倾向。不必说也知道，这是非常愚蠢的，要在不过度使用体力的前提下制订工作目标。轻率随意地扩大计划，为此身心疲惫，劳累过度，最终不知道自己究竟为何如此辛苦，乃至产生绝望的破坏性的想法。这样的例子时有所见，令人叹息。我相信，在开始阶段还是按照自己的实际情况有所保留为宜。

抱着这样的态度，我从去年化雪后便开始极其闲适地开垦土地，然而令我吃惊的是，如此轻松的劳动，对于我这个门外汉来说还是感觉十分吃力。因为长期手握凿子雕刻，我的手掌上有一些茧子，所以对自己干体力活相当有自信。但凿子的作用力与耙子的作用力不同，仅仅是开垦一小块种土豆的田地，我的右掌就磨出了三个血泡。血泡破了以后，看起来像痊愈了，但皮下深处开始化脓，起先发痒，后来像针扎一样地疼，弄得我一个星期无法安睡。手腕也肿起来，逐渐扩大到手臂，感觉势头不妙。于是到花卷町请花卷医院的院长治疗。当晚切开右掌，把脓挤了出来。之后缠上纱布，每天都要去医院换药，只好在院长家里暂住将近一个月。这一个月正好是五六月间，要翻地、播种、施肥，还要栽种其他作物，是农活最紧要的日子。因为我在町里，所以家里的开垦和田地管理等农活都错过了季节。到六月底回到山上一看，豌豆、菜豆、土豆等作物长势还不错，已经结出果实，但长着稗子苗的地里杂草丛生。我的右手还不是很方便，难以拔掉地里蔓延猖獗的

杂草，所以我的田地是作物在杂草间生长，实在惨不忍睹。

而且，北上川以西这一片地方是酸性土壤，是有名的贫瘠之地。我早就知道这里贫瘠，也正因如此，我才想搬到这里来。北上川以东是冲积层地带，土地肥沃，但我也听说那儿人情淡薄。在菜蔬丰富、应有尽有的地方，就容易形成买卖，农民这种做法自然而然会影响当地纯朴的风气。我住的这个地方土地贫瘠，连自给自足都难以保障，没有人过来收购蔬菜，所以农民吃苦耐劳，勤勉耕作，没有偷奸耍滑的恶习，保持着纯朴的本性。实际上，太田村山口的人们都心地善良，和蔼可亲，这在现今的世间实为难得。只是这里的土壤具有强酸性，于是我使用“碳钙”来中和。这是宫泽贤治还在世的时候，东北碎石公司的产品，是一种石灰性质的东西，他本人四处奔走努力推销，但它的作用直至今天才被人们广泛认识。现在东磐井郡长坂村附近就有生产这种产品的公司，这产品就是碳酸钙，简称“碳钙”，好像销路很不错。我通过宫泽家族的关系，分给我一车碳酸钙，再分给部落的每户农家。由于土壤酸碱度得到中和，菠菜长势良好，大豆、小豆等也都果实饱满。

去年由于天旱，村子里有的人家水井枯干，地里的萝卜刚长出两片叶子就枯萎了，小豆也无精打采，闹得人心惶惶。但我的那块地湿气较重，小豆、茄子、芋头、西红柿都硕果累累，小豆的收获量超过预期，茄子和西红柿表现更好，在霜降之前一直在结果。

我在新开的地和老地两边都种了土豆，新开的地这边收获比较好，土豆味道浓郁。老地的土壤表面容易发干，今年打算加把劲提高产量。这个地方的土壤底层是黏土层，所以萝卜和胡萝卜的根扎不下去，或者分叉，或者呈钩状弯曲，还有的拼命往上面生长，让人很吃惊。我也试着种过南瓜、西瓜，都不理想。黄瓜鲜嫩色青，每天早晨摘下江户前的节成黄瓜，蘸着酱或盐吃，也可以用米糠酱腌起来。当地的农户会用盐腌制大量的黄瓜，以备一年食用。今年去世的水野叶舟[①]先生曾送给我田口菜、塌棵菜、日野菜、芥菜的菜籽，现在都长得很好。

太田村有一片叫“清水野”的大原野，去年大约有四十户的开拓团入住，现在已经开始盖房子了。我希望来的是从事乳畜业的农民，至少可以推荐这样的人来开垦，期待着乳制品、纺织物、草木染出现在当地。

（昭和二十三年三月二十一日）

① 水野叶舟（1883－1947），诗人、歌人、小说家，提倡自然主义文学，著有《阴暗》《噩梦》《兰》等。

早春的山花

今年比往年化雪早，春天出乎预料地急匆匆来临。三月春分时节，要是往年，依然是冰天雪地，甚至时而还会降雪，今年屋顶的积雪已经全部融化，田地大约有一半已经露出泥土。小屋前面的水田里涨满雪水，赤蛙的叫声清亮悦耳。

积雪是从水边开始融化的，这水边最早冒出来的是款冬花茎。翻看去年的日记，三月二十六日发现三棵款冬花茎，甚为高兴。但今年二月十五日就已经采摘一棵，三月九日用采摘的十几棵款冬花茎和海产品一起做佃煮。当地人把款冬花茎叫作“bakke”，看到“bakke”探出头，就意味着终于从十二月以来的漫长寒冬中解放出来了，从它清新的苦味中能感受到强大的生命力。款冬花茎是款冬花的花蕾，包裹在花苞里的圆圆的形状优美雅致，从枯草中

探出头的形态也令人赏心悦目。

款冬花茎冒出来的时候，赤杨也已经悬垂下金色的花穗。这花穗长得很快，早晨一看，一夜之间竟然在枯枝的枝头上垂下两寸长的花穗，而昨天还什么都没有，不免令人惊讶。

今年在小屋前雪缝的石头后面发现了黄连，虽然叶子还没有长出来，但我肯定那是菊叶黄连。从地面抽出大约两寸五分长的浅粉色花茎，绽开三朵白花，每朵有五片花瓣，显得楚楚可爱。金黄的雄蕊数量很多，但因为是雌雄异株，这花粉将随风飞扬去寻找伴侣吗？大自然的真意总是无法知晓。

银芽柳将要开花，树林里那漂亮的辛夷也即将成片地绽开白色的花朵。山间的早春洋溢着清冽的气息。

（昭和二十三年三月二十五日）

季节的严谨

独自生活在繁茂葳蕤的植物之中，几乎被这活生生的威力所震撼。

居住在岩手的山中，周围的积雪到五月上旬才完全融化。最早长出来的是款冬花茎，积雪尚未完全消融就已经出来了，同时赤杨的枯枝也垂下花穗。不久，千叶萱草冒出尖尖的嫩芽。从中旬到下旬，草木一下子全都复苏萌发。两三天不见，风景就会发生变化。山樱开了，杜鹃开了，柳树花开了，紫藤开了，山梨花开了，杨栌的红花开了，不起眼的小花聚作一团在乔木枝头绽放。

其实大自然十分忙碌，四季流转，到了六月，就要为威力四射的夏季的到来做准备。尤其那一丛丛绿色的芒草整整齐齐，如同事先被井然有序地摆放在那里似的，而且很快就长得比人还高了。

七月的土用[1]是植物发育的顶点，所有植物从初春到夏季都憋着劲儿往上蹿。此刻的山间，漫山遍野的绿色仿佛在熊熊燃烧，人和动物都被这种气势所震慑。

这绿色的世界，到阴历八月的盂兰盆节会倏然改变，那呼唤呐喊的猛烈气势一下子戛然而止。尤其是南瓜这样的栽培植物，立夏之前是生长的关键时期，过了立夏，便只是等待着成熟。这时候，山野显得寂静下来。这个季节植物生长的规律极其准确，几乎是日见胜负，分秒必争。居住到山里以后，我才清楚地知道一年三百六十五天每一天所蕴含的意义。

（昭和二十三年六月十五日）

① 即日本入伏的前十八天。

不知寂寞的孤独

——给某夫人的回信

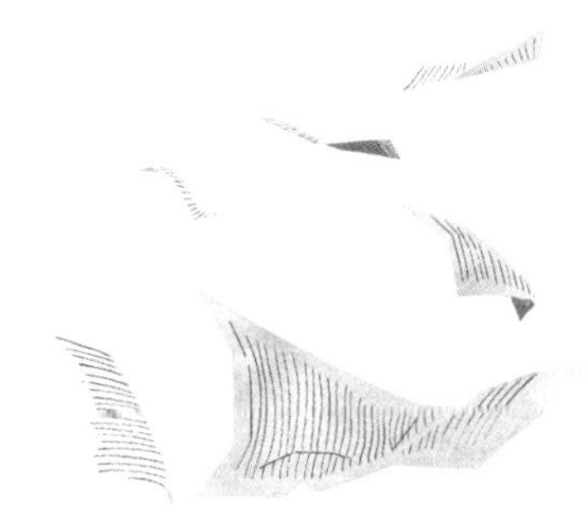

刚看完《妇人朝日》编辑部转来的您的信函。今夜室内温度是零下三度，还比较好过，不过我从晚饭时开始就把被炉架在地炉上，代替桌子给您写这封信。

读您的来信，详情知悉，知道您曾和我一样在相同的时期从东京来到岩手县稗贯郡太田村，在这个偏僻的村子里居住，虽属偶然，竟觉得是一段奇妙的缘分，实在令人感到惊讶。我比您晚五个月，即那一年的十月中旬来到现在居住的这个地方。正是您决心回东京的时候。我在东京的房子被烧毁以后，在五月中旬应邀住到已故的宫泽贤治先生的老家花卷町，八月十日花卷遭受轰炸，宫泽先生的住宅也全部被烧，此后我在前花卷中学校长和花卷医院院长的家里各住了一个月左右，这期间在太田村山口小学分校主任佐藤胜治先生的斡旋下，来到这个村子。热心的村民为我盖起这间小屋，十月中旬迁居至此。这个地点离山很近，离小学分校大约三条街的距离，北面靠山，西面是稀疏的树林，南面和东面是一片开阔地，位置极好，附近有泉水，村民还给我挖了一口井，深度达到褐煤层，水质十分优良。

大概是十月末，您带着孩子们时常到山口村落游玩，我那会儿也去过一次昌欢寺。昌欢寺的正殿里堆着很多桌子和杂物，我想大概是集体疏散的学生们住在这里，但做梦也没想到您这样的东京人也住在这寺院里。如果当时有机会见到您，也许能够了解更微妙的细节，体会到其中的细微之处。不过，仅仅从您所写的事情中也能觉察您的衷情。

太田村是稗贯郡中最偏僻边远的村落，土壤呈酸性，十分贫瘠，农民勉强过着自给自足的生活，与城市文化几乎无缘，物质匮乏，甚至连生意人都不愿到这里来。北上川东岸的矢泽村属于冲积层地带，每年农作物都有富余，可以换取不少的金钱，而太田村绝没有这样的优势。这里的农民祖祖辈辈都是夏天在巴掌大的水田和遍布石子的旱地里辛劳耕种，冬天则上山伐木烧炭，过着几乎可以说是原始的生活。正如我在信上所写的那样，这里的农民被别人说成过着肮脏、无知、狭隘的日常生活，并从事着当牛做马般的劳动，我也亲眼看见了这种无可奈何的生活状态，但同时也看见了只有这种地方才会有的、例如不讲礼貌的率直这样的人性有趣的一面。不过，一般的疏散者似乎很少讲他们的好话。习惯城市思维的人越是着急地想和当地人融为一体，这种焦躁感越发使他们与当地人疏离，觉得自己的言行变得不自然、成了别人的负担，被感觉脸面无光的痛苦折磨。这也可见于我在信中不得不发出的“凡人”的叹息。

我觉得您是想问我，为什么能在这样的环境中平和而不感寂寞地生活。时常有人这样问我，这大概与我的人生态度大有关系。我是一个孤独的生活者，行踪无常，飘到一个地方，就在那里努力工作，尽心尽责，一旦寿尽则独自离世，一了百了。没有父母，没有家室，没有子女，在别人眼里，这样的人一定非常寂寞，但其实当事人大多并没有为寂寞所困扰。无论在人群中，还是在家族眷属中，人都难免会感受到无尽的孤独，这另当别论。人们一般所谓的“寂寞”，我感觉是随着人事关系而产生的一种不满与不安的变形。我在这里完全可以任性而为，毫无寂寞之感。我当然是一个“凡人”，所以就坦然接受了。我对村里人都很信任，他们也从未为难过我。这无疑与具有良好品德的小学分校主任这个优秀的中间人大有关系。我尊老

爱幼，不懂的事情向村民们请教，自己有一点新知识也传递给他们。我不想对他们进行“指导”，与其说指导，“浸润”更自然、更重要。您大概会觉得不可思议，我打算在这里定居下去。虽然缓慢如牛，但十年过后，情况肯定会有所改变。不过，以后的事以后再说，目前我在这里，每天都精神饱满地生活。不言而喻，这得益于广阔的自然之美给予我的巨大力量。这里的山水虽然不是所谓的“绝景”，但自然的一切要素都是新鲜、强烈、积极的，每天接触这些令人惊叹的美色，也不会厌烦，不会麻木。不仅仅是星光的璀璨、清水野上的平原之辽阔、山口山上树木的繁茂、远处群山的连绵起伏、早池峰山的耸立奇拔，还有路边的款冬花茎、敦盛草、蕨菜、紫萁等四季花草，以及各种果实、蘑菇、鸟类、冬天的野兽，这一切的一切都让我惊叹不已。

回信写到这里，是否回答了您的问题呢？从厨房的水槽那里，正传来水结冰的噼啪声响。

（昭和二十二年四月《妇人朝日》）

夏天的饮食

我怕热，今年夏天的酷热可让我受够了罪。据说是东北三十多年未遇的酷暑，水稻等农作物都长势良好，就是我如同烈日下动物园里的白熊般无精打采。去年夏天，我照样下地拔草，干农活，结果发烧四十度，卧床四五天，村里人前来照顾我，给我做饭，给他们添了很多麻烦。今年夏天酷暑难当，所以我决心放弃农活，从七月立夏以后，不去拔草，也不追肥，听之任之。这样一来，身体倒是健康了，总算平安地度过夏天，但田地里杂草丛生，一片惨状，回到原始状态。西红柿多数枯干，长得怪模怪样的大黄瓜垂在瓜架上，菜豆下部的叶子发红，葱埋在草丛里，只有圆白菜还稍微像点样子。我所谓的身体健康，也就是没有卧床而已，但明显消瘦，刮胡子的时候照照镜子，发现两颊塌陷，脖子上青筋暴起，实在惨不忍睹。

夏天，我总是食欲不振，二合[1]白米一天都吃不完。一天的配给是二合三勺[2]，大米吃不完，就长虫子，于是让村里的小孩子来拿走。我面吃得多，配给的时候如果面多，那就比较合适。但是，凉素面不宜和高营养的副食搭配在一起吃，要是一直吃凉素面，就会偏食。夏天最多一日两餐，做晚饭时蒸一合五勺的饭，剩下的用凉水镇起来，留作第二天的早饭。至于菜肴，做汤的话浑身是汗，所以一概不做，猪油炸土豆、茄子、洋葱是百吃不厌的，加上西红柿、米糠酱黄瓜、拌黄瓜，再就是别人送的一些山珍海味。东京那边时常有人送来江户味道的食品以及美国的食物，有这些东西，吃饭就觉得很香，大抵是山本或山形屋的海苔、鲋佐或玉木屋的佃煮，以及政府发放的罐头等。有时觉得在这山间能吃到这些东西，让人有一种恐惧感。饭后收拾碗筷，餐具都要用热水煮一遍，吃过的东西，剩下的全部扔掉。

我喜欢喝茶，每天早晨在地炉上烧水，第一件事就是泡茶。如果从朋友那里收到抹茶，那就要“点茶”[3]。东北有一种很便宜的点心叫“八户煎饼”，与茶搭配极佳。我

---

① 容积单位，一合约为十分之一升。

② 容积单位，一勺约为一升的百分之一。

③ 沏茶的方法之一。

想要是给千利休吃，他也一定会很高兴的。喝早茶是最宁静、清凉、爽快的时光，心情最好。时常有人送我宇治的抹茶或者川根的煎茶。

早晨的凉饭，有时加上黄瓜、西红柿、菜瓜等蔬菜来吃，什么蔬菜都行，随手拿来都可以油炸。各种佐料，有的是东京那边送来的，也有的是自己地里种的，有红紫苏、青紫苏、辣椒、大蒜、韭菜、洋火姜、欧芹、花椒等。山里的木天蓼在果实发青的时候摘下来做辣调料。东北不容易培育生姜。我不吃午饭，有苹果什么的会吃点水果。最近，花卷地区栽培苹果首屈一指的阿部博先生送给我名叫“祝”的青苹果和名叫“旭”的早熟红苹果。苹果运到东京容易损伤，所以东京不怎么吃熟透的苹果。苹果榨成汁，味道微酸，但作为夏天的饮料味道很美。口渴的时候，我多半吃西红柿，有时也从开拓团的朋友那里要西瓜。这里的井水极凉，清澈干净，但我只用来漱口，不直接饮用。因为我一喝水就出汗，大汗淋漓，这样不仅容易疲劳，而且还要洗衣服。夏天洗衣服倒没什么，但如果数量太多，就很费时间。有人送我天鹅牌肥皂，这战前闻过的味道让我倍感亲切。

晚饭尽量吃一些富含脂肪和蛋白质的食物。山上不容易弄到鸡蛋，牛奶和羊奶最近也难以搞到。入夜后，气温

有所下降，在这里可以不拘礼节地只穿一件衬衫，所以做晚饭时要生火。开拓团里有人开了豆腐作坊，隔两天就给我送来豆腐，经常做油煎豆腐等菜肴。夏天我走不到村子里，所以家里没有鲜鱼鲜肉，只能靠一点鲱鱼干、干货、海胆、罐头补充动物蛋白质。夏天没有山菜，山里倒是有很多蝮蛇，但是我无论如何也不想吃。听说村里人把蝮蛇卖到城里，一条可以卖大约二百日元，虽说此话难辨真假，但如果一条真的可以卖二百日元，我屋子四周好歹有几千日元吧。做过晚饭，收拾完毕，大抵已是十点半以后，然后便开始工作。

夏日的白天多有来访者，无法工作。其中有暑假期间集体过来的教师和学生，也有想在这里的草地上野餐的旅游者。东京的老朋友时常过来，还有从花卷、盛冈等市町村来的各种人。几乎每天不断，只有下大雨的日子才没有人来。最近有人从花卷骑自行车给我送来五瓶啤酒和冰块。恰好有东京的朋友过来，我们一起喝冰镇啤酒，十分愉快。

我怕热不是因为生病，而是体质特殊，一到秋天，马上就会好起来，如同晕船的人，一上岸便什么事都没有，立即恢复过来，所以我对夏天的疲惫满不在乎。等到九月末，栗子掉落在屋顶上的凉爽季节，我的身体便日益健康起来，精力充沛，食欲大增。到了冬天，一斤猪肉都可以一扫而光。我十分注意合理的饮食习惯，虽然自己做饭，却比餐馆的菜肴更富有营养，而且味道精美，至少是健康的饮食。平时也吃一些维生素作为辅助手段，但如果是没有明确记载生产年月的药物，其效果就不太显著。

一切精神活动都需要良好的生理状态。我的脑子在冬天比夏天好使。现在我像是在泡着热水澡一样，静静地等待着，等待一阵山间秋风的来临。

（昭和二十五年八月二十二日）

十二月十五日

今天应邀到村长家里吃荞麦面。听说是村里的妇女会召开例会，五六个妇女从中午就集中到一起，把各自带来的食材凑在一起准备晚餐。从村长家的厨房端出荞麦面，简直就像吃盛冈特色“小碗荞麦面”一样服务周到。这大概是村长的地里收获的新荞麦，香气浓，口味好，在东京根本吃不到。做佐料的葱花与店里卖的也全然不同，一切都新鲜水灵，对身心极有好处。现在旅居巴黎的高田博厚君喜欢荞麦面，我们经常一起吃。他说吃荞麦面和葡萄是用喉咙吃，吃的时候嘴要不停地哧溜哧溜往里吸。像今天这种地道的荞麦面，长度比较短，虽然不能像在东京那样吃得热闹豪爽，但接连不断地往碗里添加，这样连着几碗吃得很饱，加上猪肉，营养充足。县里的土木部长、河川课长也在座，但因为要赶回盛冈，很快就告辞离开了。

妇女们围坐在桌子四周，七嘴八舌地聊天，我也参与了饭后天南海北的闲聊，谈锋甚健。还是老一套的诸如日本的振兴从身体开始、食物最为重要、牛奶与乳制品、肝脏、脑髓、如何做牛尾、孩子们的健康、睡眠时间、学校提供的饭菜等等饮食的话题。我还倾听妇女们谈论村子里家庭生活的实际状况，回答她们提出的有关美与道德的问题，同时还对所谓的好人和坏人这种通俗观念的浅薄之处发表了个人意见，强调表面上的好人是多么无可救药。当话题说到微妙的关键点的时候，已是下午五点，天色渐暗。于是大家约定下一次再聚餐，谈论文学、美术的话题，这次聚会就结束了。这些妇女都很稳健利落，身心健康，待人亲切，热情而善良，和她们在一起让人心情愉快。其中有一位村诊疗所所长的夫人，她教村里的姑娘池坊流插花，还懂音乐，钢琴也弹得很好。太田村这样所谓文化落后的地方反而充满希望，因为这里的人们没有被浅薄而浮躁的文化所浸染，依然保留着生而为人的本真。我满怀期待地关注着村里人今后的发展道路。我相信，只有在这样的土地上才能培育出真正丰厚的文化。

总体上说，村里人性格单纯，表里如一，言行举止不知道谦恭客气，完全出于天真的本性。不论在何时何处见到，每个村民都会毫无保留地表露心境，这些生活者的身后是他们赖以生存的深邃莫测的大自然。贪欲者也好，无欲者也好，都坦然地表现出来，没有半点遮遮掩掩。当然这里也有与世间一样的悲喜之事发生，但这些并不是荒诞的，而是天真的表现。我以前一直不知道这些不为蝇头小利盘算的人聚居在这个地方。这里与关东地区大不相同。我经过各种机缘，才终于在这块所谓的偏僻之地落脚，其实是我的幸福。这是我在东京驹込的画室的时候根本想不到的，但如今回头看去，自己内心深处似乎还是有想去一个好地方居住的念头。我梦想去据说是“北纬五十度文明”的北海道北部居住，大概也是这个缘故。我不得不认为人最终会无意识地走向他想去的地方，虽然前进的步伐十分缓慢，但从结果来看，还是比预想的快。

大家送我离开村长家的时候，天已经黑了，不过事先已经准备好手电筒，所以没什么可担心的。今天是阴晴不定的天气，西风强劲而寒冷，第一次穿上的大衣很管事。这件大衣的面料是去年十泽的及川全三制作的粗线呢，今年春天请盛冈的深泽仁于女士的父亲缝制的，长度足够，穿在身上舒服又暖和。听说深泽老人的缝纫机技术无人可比。果然缝线结实紧密，看来不会轻易跳线，穿着也心情舒畅。真正的好手艺，做出来的东西必定会令人产生丰盈而不是局促的感觉。我戴着棉头巾，穿着长胶靴，深一脚浅一脚地踩着泥泞不堪的路，走了大约四町的路回到家里，生火烧水，泡一杯川杨茶，开始写这篇文章。油灯时代要早睡早起，去年通了电灯，我有时写东西写到凌晨两三点，每天睡七个小时。这是我首要的健康法则。明早好像有霜降。

（昭和二十六年十二月十六日《岩手人》）

美与真实的生活

我的本职工作是雕刻。我的存在只取决于雕刻。我看这世界，也觉得全都是雕刻。这也是无可奈何，因为我的父亲搞雕刻，我耳濡目染，不知不觉也搞起了雕刻。我上小学和中学的时候，算术、化学之类需要死记硬背的课目一塌糊涂，尤其是算术，总是不及格。老师也很为难，也就睁一眼闭一眼地让我及格了。但是，我擅长的课目总能拿到一百二十分的高分……所以，我的偏科极为严重。这大概因为我当时乃至现在都一心专注于雕刻吧。

我从雕刻中感受到人生的价值。写诗并不快乐，而是痛苦。本来就是因为痛苦而写诗。如果心情痛苦，用文字表达出来，痛苦就会消失。一想到“啊，痛苦”，就写“痛苦”，这样痛苦就消失了。夏天炎热，一说出“好热啊”，冬天寒冷，一说出“好冷啊”，心情就感觉好一些。似乎人的某些东西与写字有着共通之处。

我感觉自己成不了宗教家。虽然过去曾崇拜过伟大的宗教家，但我知道自己不是那块料。也许正因为知道自己不是那块料，才崇拜宗教家。宗教家都具有超越现世和命令他人的力量。命令最明确的当是基督。基督说你们抛弃一切跟着我走，这样才能进入生命里面。我心想自己是否也能这么说呢，结果感觉不到内心具有可以发出这个命令的力量或者说是权威，所以我无法成为宗教家。

我具有与时代同化的力量。这是成为艺术家而不能成为宗教家的分水岭。我知道自己向往宗教家，但最终成不了宗教家。不过，我还是时常翻看自古以来的杰出宗教家的传记，从中吸取培育自己的力量。

惠特曼和我是一类人，非常不开窍，临到病死之前，这个惠特曼还弄得自己痛不欲生。又是难受，又是疼痛，又是呻吟，又是叫喊，闹腾折磨一番以后才死去。周围的人看到这样了不起的人物怎么也这副模样，就觉得真没劲。但是艺术家就是这样。痛就说痛，苦就说苦，一边说一边克服，也就超越了自己。艺术家不说“火也凉”（快川和尚[①]）之类的话。火是热的，水是冷的，柳绿花红，怎么感

① 本名快川绍喜，临济宗高僧，被织田信长聘请担任惠林寺住持。后织田信长发动甲州征伐，因将信长敌对的六角义定等藏匿于惠林寺，拒不交出，与其他僧人一起被信长烧死。留下“安禅未必用山水，心头灭却火亦凉”的诗句。

觉就怎么说，如此而已。我的诗没有超越社会，总在什么地方有所关联，自然而然地生发出来。所以，不仅是对宗教家，我看到超越现在这个社会的雕刻也感觉震惊，心想要是这样的话……我的雕刻是人的絮语，是想真实表现人本来的面貌才那么雕刻的。要是想超越社会，这些东西根本做不到，那就没有必要雕刻，也没有必要写诗，默不作声就行了。世上有各种观点的宗教，但宗教的终极是什么也不说——这大概就是永恒的沉默吧。要是这样的话该多好。然而，我只能又哭又笑，又是悲伤又是痛苦。但其中让我感到宽慰的是，我可以感觉到美以及这种创造美的生活。当然，如果活着是为了创造肮脏的东西，那便毫无意义。这个世界充满肮脏的东西，但是人们会向往美好的东西，而且除了人以外，所有的东西都是美好的。

我住在山里。除了我没有别的人，不过有很多狐狸和蝮蛇。一个人只能默不作声,在地炉边上看书。有人说“一个人会感到寂寞吧。长期住在那里，缺少刺激，会变得痴呆”，于是叫我去东京。可是我到东京一看，发现东京人都是“城市痴呆”，变成了“残疾人”。我在山里，大自然给人的刺激非常强烈。不是刺激少会变成痴呆，而是被强烈的刺激所震撼。例如一年四季的变迁，大自然没有一分一秒不在变化。今天不是明天，昨天也不是今天，季节每天都以强悍的力量在运行。季节的运行不理会人拖拉的习气。树木野草、虫鱼鸟兽、层峦山风都在匆匆前行，如同火车迎面呼啸而来，人的力量无法阻挡大自然的运行。草木发芽，则万山发芽；积雪融化，则万山融化，生机勃发，毫不怠惰。我自己种地，因为我住的地方不是去菜店就什么都能买得到的，所以种了三亩地，自给自足。亲自种地以后，能亲身感受到大自然的威力。如果因为今天不合适，便拖到明天,这样绝不会栽培出好作物。容不得半点的差错。

我落户在岩手县太田村一个叫山口的地方，到邻村一看，那里的土地条件大不一样。不同的土地具有各自的特点，必须充分利用这种特性和个性。村民们从小就按照祖辈口头流传下来的方法种地耕田。例如芝麻应该在节前播种，节日这一天休息。如果这一天不休息，就被大伙儿嘲笑为“懒汉”。人就这样被季节追着屁股跑，同时也追着季节跑，不能随随便便，不能马马虎虎，这反而养成了敏锐的季节感。偷懒怠惰会立即遭到报应。这一天本来应该播种，却没有播，那一切都会乱了套。所以，播种一粒麦子都不能马虎大意，要依据风雨天气的变化，确定每一粒麦子的坐标。另外，什么时候长虫子，什么时候鸟飞来，也有固定的时间。青鷄叫唤，城里人觉得叫声好听，但我们一听，心头就发毛，因为好不容易播下去的豆子都会被这些家伙吃得精光。青鷦不吃发芽的豆子，没发芽之前即使用一层薄土盖住，青鷦也会扒开土层把豆子吃掉。因此在青鷦从深山飞出来之前，就必须播下豆种。不然的话——该做而没有做到，会受到严厉的惩罚。一旦吃过苦头，就会牢记在心，再也不想重蹈覆辙。自然界就是这么可怕，就像基督教里上帝发怒一样……

但不管怎么说，大自然是美丽的，处处充满了美，无论看哪个方向，都没有不美的地方。早晨起来，敞开小屋的门，用不着特地开窗，把拉门打开，让空气流淌进来，使屋内的空气焕然一新。每天早晨，小鸟都在我的枕边优美婉转地鸣叫，拍打翅膀。到了冬天，啄木鸟飞来，嘟嘟地敲打防雨窗套的声音让我起床。这是大自然的敲门声。我在啄木鸟的敲击声中醒来。啄木鸟不敲击，我便不起床。即使已经醒来，也是静静地倾听溪水松风的声响。我非常喜欢下雪前的天空。大自然的景色美不胜收，让我应接不暇。大自然中没有肮脏的东西，肮脏的东西都始于人。人是最美丽的，但一想到人突破底线做出的事，便觉得非常肮脏。从体内会出来痰、唾液和大小便，大自然中没有这些东西，即使有也不肮脏。小鸟啄食我们以为肮脏的东西，例如鹡鸰。众所周知，鹡鸰是很美丽的鸟儿，但是它啄食人畜的排泄物，对于鹡鸰来说，这些东西并不脏。

对于大自然来说，没有肮脏的东西。有必要的东西都是美的，没有必要的东西都是障碍物。然而，大自然中没有障碍物，对于大自然来说，没有不必要的东西，每一样东西都是有必要的。因为都有必要，所以才美。森罗万象都是美的。

在山上除害虫，招致了严重的后果。其实害虫也是大自然的孩子，对于大自然来说是必要的存在。将特定的虫子冠以“害虫”之名，大抵是人的随心所欲。害虫本身毫无害人的动机，一切出自自然。它们自然而然地行动，自然而然地吃芋头的叶子，没有罪恶的意识，完全是“无心”的。在“无心”中掺杂进（人的）“有心”时，就会产生风波，生出各种各样的迷妄。有意思的是，大自然中既存在人不喜欢的所谓害虫，也存在吃这些害虫的鸟。人们把这些鸟称为“益鸟”。

人也有好人和坏人。有的人被称作“凶恶”，但这个“凶恶”只是对别人而言，不是绝对的，随着时间推移会发生变化。这一点，只要看一看各国的历史就一目了然。所以我想，正如自然界中没有丑恶一样，所谓的“凶恶”和“凶恶的人”也不会有吧。那么，从佛的一视同仁的佛眼来看，所有的人都是可怜的存在，都是可以宽恕的众生。我们无法逃避佛眼，无法超越佛心。这与我们无法朝自然界以外的地方迈出一步一样。我们只能生死于天地之间。

我住在山里的时候，对人制造的恶产生了思想动摇。大自然非常美丽，人便自然而然地接受了这种存在。没有斟酌和思量，没有判断善恶的余地，人便处在自然美之中了。

人的善恶是相对的。今天认为是好的，也许以后就认为不好；现在拼命做的事情，也许是冲昏头脑的行为。现在做的事也许有点过头，但如果什么事都要一一考虑，那就无法行动了。如果事情做错，改正就是了。人就是想干什么就干什么。

我想做的事是创作美丽的东西。这么一说，时常有人问我什么是美。美无法放在手掌上让人看，因为没有这样的东西。虽然没有这类东西，但是美依然可以拯救人。可以说，我们都得到过美的拯救。如果没有美，我们大概只能依赖神佛。

谈到宗教，我没什么大的话题可说，不过我上学的时候，有件事怎么也想不通，当日还请教过植村正久[①]先生。那时候，我怎么都成不了基督教徒，就是无法入教。我的朋友一个个都顺利入教，得以安心读书，可能因为我是天

① 植村正久（1858－1925），思想家、神学家。1873年于日本基督公会受洗，并开始传道。与田村直臣、松村介石、内村鉴三并称基督教“四村”。

生的低劣“下根”吧，怎么也进不了宗教之门，心里十分苦闷。于是我到植村先生的家里去请教。

“先生，我怎么就成不了基督教徒呢？有什么好办法吗？”

“你现在做什么呢？”

“在美术学校，想创作出美丽的作品。”

“你觉得大自然美丽吗？”

“是的。”

“那么，是谁创造出这么美丽的大自然的呢？”

我不知如何回答，最后说“是大自然创造的吧”。先生说你回去好好思考后再来。我垂头丧气地回到家里。

植村先生大概是想让我意识到造化——就是神创造的吧。但是，我没有悟到这一点。我花了很长时间思考，却终于未能成为基督教徒。基督所说的我都能理解，但一到传说部分，便怎么也无法接受。到了今天还是如此……总而言之，美的后面有什么，因为植村先生要我思考，所以我一直在思考。

美不存在于外部，而是存在于自身。自身具有美的人看见沟渠的脏水也会感觉到美。通过人的精神才能感觉到美，而不是进行唯物的思考。这里有一半宗教的成分，其实为了真正把握美，所思考的东西也必须超越常人。如果只在人这个层次上思考，只能获得比真正意义的美低一个级别的美，即次级的、表面性的美，就无法从在田地里劳作的浑身泥巴的农民、从在路边擦皮鞋的劳动者身上发现美。

我走在银座的街道上，根本不觉得银座很美。在我眼里，橱窗里摆放的都是脏东西。我从中看到了极力拉拢顾客的秉性。真正的好东西扔在一边就行了，不要去管它。没必要炫耀。一旦炫耀就掺入了邪念。而一旦掺入邪念，无论多么好的东西都会被糟蹋。我经常看到有的女性尤其注重表面的服装和饰物，那可不行。那样子一点儿也不美。为了美而被美束缚是不行的。好东西就正常使用，别认为它是好东西，就平平常常地使用。不要在意它，它就是美；无视它，它就是美。不要把它视为美丽的东西，而要认为是必需品。如果是真正的必需品，那它的一切都是美的。绝对的必需品是绝对的美。

飞机是莱特兄弟发明的，最初像风筝一样在天空轻飘飘地浮动，当时看上去很美，但放在今天就觉得可笑。后来经过研究，不断改进，最重要的是减少空气阻力，终于设计出如今这样美丽的流线型的飞机。可见追求真正必要之物，就一定会得出美的东西。战时，我屈身躲在捕章鱼的陶罐那样的防空洞里，想看 B-29 的队形，但没有办法。

那种轰隆隆的复音听起来像是音乐。我爬出防空洞，看见银色机翼的编队从远处的东京湾飞来，在头顶上盘旋着朝秩父山脉方向飞去，反光在阳光照耀下十分晃眼，尤其是在夕阳映照下，美得令人窒息。我看得忘乎所以，甚至忘记了害怕。设计师设计的时候并没有考虑到美，只是因为需要创造出来的，所以才美。大自然告诉我们，真正需要的东西必定是美的。就是说，在大自然中，没用的东西会不断被淘汰，只留下有用的东西。

现在是三月，银芽柳即将开花。开花之美真的无法形容。还有发芽时的形态，为什么嫩芽那么美，大概没有比它更美的了，实在是极尽造化之妙。红叶是折叠着冒出来的，阳光一照，舒展开来成为叶子。葱芽也是折叠着从土里钻出来，大约一周就会笔直地竖起来。那么灵巧伶俐，美得不可思议。但是，大自然并不是为了使自己美才装扮自己的。说到底这就是自然，自然之物与生俱来就是美好的。这是朴拙之美，无奈之美。我不知道在宗教上怎么看，但人也有一筹莫展的无奈，别无他法，这时候干什么都行。我们从来都是赤足走在刀刃上，要以这样的心态去工作。换言之，就是我们经常行走在悬崖峭壁的边缘上，下面是万丈深渊，张开血盆大口等着你，所以容不得丝毫的疏忽。一旦不小心踩错一步，就会粉身碎骨。独自行走在这种穷途末路上，行走在进退维谷之处。正因为身处进退维谷之境，才会感到憋屈拘束，那么除此之外，就没有什么拘束，这便是自由，极大的自由。

山间有溪流，架有一道独木桥。我们过桥如履平地，东京来的人则举步不前，因为觉得危险，所以不敢迈步。一想到危险，就觉得会掉下去。但如果想到过河只有这道独木桥——别无他法，那就不在话下了。如果有其他的想法，就会掉下去，即是说精神松弛就会掉下桥去。我们觉得这独木桥就是一条路，和走在皇宫前面的广场上没什么两样。越是害怕掉下去，就越会往下掉。人的精神受到深不可测的溪流迷惑，仿佛一下子被吞没。其他事情中也多有此类现象。

法国巴黎圣母院中层的檐槽有滴水嘴兽的雕刻。从那里可以将巴黎的街道一览无余。巴黎就像是铺展在谷底的一座城市。但是，独自一人不能俯瞰市景，因为那样做很危险。一个人观看，就会被自己所俯视的下方景物吸进去。那种高度或者说深度会使人麻木，最终想投身其中。

最近，我泛舟十和田湖游览。那儿景色优美，仿佛自己漂浮在美的极致上面。恍若九条武子夫人的和歌所吟咏的那样，“琅玕”般的湖水宁静清澈。我一直靠在船舷上凝视着水底，感觉在眺望天上飘浮的云彩。天是水，抑或水是天，是上还是下，我一时分辨不清。看似水在天上，但我并不认为是错觉。我甚至想下船行走——我当时陷入沉思，难道这就是被水妖所迷惑吗？也许先前不少人就是这样死去的。

上州水上温泉的深处有一处名叫猿京的深深的幽谷，架着一座非常高的桥。当地人说，过桥的时候，千万不要停下来从桥上往下看。如果往下看，就会看见一个身穿白衣的老太婆出来把你带走。我走出旅馆的时候，旅馆的人也提醒我。我这个人，越是不让做的事就越想做。从桥上往下看的时候，果然有白色的东西。不过那是云朵。轻飘飘的云朵仿佛近在咫尺，触手可及。我默默地看着，似乎听见“过来啊”“过来啊”的声音，于是晕晕乎乎地想迈步走过去。会产生这样的冲动。忘记自己是站在悬崖峭壁之上，好像身在平地的感觉，一不留神就想跨过桥栏杆走下去——这就是人对深渊的上古的感觉。

我正在创作的《十和田湖畔立像》就是要表现这种感觉。看着这尊立像，就产生像是在看自己、自己看着自己的感觉——就是说，我现在的创作是想把从高桥上俯视深渊时被吸下去、凝视湖水时想走下去的感觉拟人化。我还没有创作过铜像，对这类的要求都予以婉拒，因为我认为铜像必定会掺入世俗的东西，其次也带有远离而去的意思，所以我从不创作铜像。这次的理由之一是我不愿意重返那高高的险峻的地方。不喜欢的东西自然不想创作。不喜欢就是不喜欢。我这次也是想创作与铜像完全不同的、不在山丘而在水中的作品。

从外表上看不出来，平平常常，如镜的湖水也平淡无奇，可是再仔细一看，水中有闪光的东西，透过湖水会看见美丽的妇女裸像——我想创作的就是这样富有神秘感的、有幽邃玄妙情趣的作品。

古代有“沉钟”的传说，说是有一口钟沉到深深的湖底，每当黄昏将临时，钟声总会在情感丰富的人的耳边回响。还有镜子的传说，说是战败灭亡的武田家族的秘镜沉入白天依然幽暗的山阴面的古池塘里。大家也许都知道这类故事，换句话说，我想那清澈宁静的十和田湖中也应当有这样象征性的东西，但是目前还没有找到资助者，愿意让我创作这种还没有什么人看过，而且看一眼也不知其然的作品。我希望有实现这个愿望的机会。

世上美丽的东西不计其数，但艺术家有扩大美的范畴的使命。而且，美具有无限扩大的可能性。环视大自然，到处充满了美。但能从中挑出的人所创造的美实在少得可怜，不过是恒河沙数中的一两粒而已。人类历史短暂，尤其是日本的历史，与埃及比较，感觉最近才刚刚开始。正因如此，今后会不断产生新的东西——而且一定会创造出前所未有的美。然而，那种七拼八凑的做作矫情的东西不能要，一定得是从日本的土壤里生长起来的东西。日本的作品一定要植根于日本的土壤，中国的作品一定要植根于中国的土壤，这样的作品才具有世界性的价值。单纯的追逐时髦、单纯的嫁接拼凑不会令人感动。

总之，艺术家就是这样不断扩大美的范畴，创作出一般人都能接受的作品。但是，他所创造的作品中有的起初未必被人们认为美，也会有不被一般人接受的作品。

我也有无奈的时候。我每天只能做这些无奈的事情，于是没有了责任。当我失去责任的时候，就会觉得自己处在造就我自己的东西里，所以这就是所谓的“白云自在”吧。天地也变得辽阔。因为无奈，才变得辽阔。一旦沉在无奈里，就会忘我地创作。是因为失去责任才能忘我吗？我不知道，但是在无奈之中忘我地工作。因为忘我，所以在工作之中忘记自己的存在，而一看作品，无疑是自己创作的。也就是说，在忘却自我责任的情况下创作，这与其说是保持自己的风格，更准确地说是在完善自我。

有人想创作与实物一模一样的作品，尤其是金属制作的东西，有的非常相像，足以乱真。例如制作的虾和螃蟹脚会动。然而这些东西即使做得再逼真，与实物依然差距甚远。要创作真实的东西，就不能拘泥于真东西，否则只是与真东西相似，不能成为真正的造型，只是玩具而已。就雕刻而言，如果要雕刻蝉，就要先离开蝉本身，从另外的角度创作，这样创作出来的作品才不是对蝉的临摹，也不是玩具，而是真正的蝉。人的脸也是如此，真实的摹写不是雕刻的创作，只能是相像。可以做到相像，做到像剪影画那样，却不是本人。不少人以为抓住了剪影画那样、泡沫那样的东西就是雕刻，从而兴高采烈，但我们不认为那样的东西是雕刻。真正的雕刻要创作出超越本人的那个人，创作出超越真的蝉的那个蝉，超越真的石头的那个石头，不是与真的实物相比惟妙惟肖，而必须是超越实物的实物。这才是造型艺术的秘诀。

米开朗基罗创作朱利安二世的时候，大家说："一点也不像，怎么能说是朱利安二世呢？"米开朗基罗回答道："不，百年以后，人们会说我创作的朱利安二世才是真品，不必担心。"另外，还有一个叫多纳泰罗的人，他与米开朗基罗截然不同，他创作的作品与实物一模一样，但是他的作品不是照片那样死板的分毫不差，而是洋溢着生命力的逼真——这就是造型。他创作的终究还是超越实物的实物、超越真人的那个人——令人叹为观止的那个人。这意味着在形象上，使形象成为形象的因素、存在于形象背后的因素，即存在于那个人乃至多纳泰罗本人背后的因素都揉进了他的作品里。不仅是雕刻，所有的艺术作品如果没有这样的因素，作品就死去了。有这个因素，作品就活了。所以，有志于走正道的雕刻家必须倾注全力掌握这一点。

一般的鉴赏家与评论家不同，他们看雕刻未必看得懂，但把好作品拿在手里鉴赏，还是能知道哪些地方吸引人，不禁产生那种难以舍弃、爱不释手的感觉。所以必须高度评价一般人那种笼统却能抓住要点的判断力，不能像自封的美术专家那样轻视他们。不能瞧不起一般大众，也骗不了大众的眼睛。大众看似愚钝，其实潜藏着识别好作品的直觉的力量，具有睿智的眼光。古代创作的作品中真正的好东西能一直保存至今，我认为大众的力量发挥了巨大的作用，仅仅靠少数人的力量无法完成这样的文化使命。这绝对需要大众默默的支持，从这个意义上说，大众就是历史本身。

那么，说它是“一般人的鉴赏力”也好，“真正的好作品是不朽的”也罢，总之，我坚信这些东西，因此放心地进行传统性的创作。创作扎根于悠久传统的作品，以无路可退的心态进行雕刻。我不知道这样是好是坏，但在别无他法的心情中会生出某种可以依赖的东西，所以每天这样生活着。

我的工作在今天的年轻人看来，也许觉得很古老。但这没关系，即使是古老的也不要紧。对我来说，这是无可替代、无可后退的道路，所以，无论别人怎么说，我可以作为参考，却无法动摇我的心。

（昭和二十八年二月二十八日之讲演笔记，
《妇人公论》六月号）

图书在版编目（CIP）数据

山之四季 /（日）高村光太郎著 ；郑民钦译 ；刘晓颖绘．-- 海口 ：南海出版公司，2021.6
ISBN 978-7-5442-9973-2

Ⅰ．①山… Ⅱ．①高… ②郑… ③刘… Ⅲ．①随笔－作品集－日本－现代 Ⅳ．①I313.65

中国版本图书馆 CIP 数据核字（2021）第 044912 号

山之四季
〔日〕高村光太郎 著
郑民钦 译
刘晓颖 绘

出　　版　南海出版公司　(0898)66568511
　　　　　海口市海秀中路51号星华大厦五楼　邮编 570206
发　　行　新经典发行有限公司
　　　　　电话(010)68423599　邮箱 editor@readinglife.com
经　　销　新华书店

责任编辑　翟明明
特邀编辑　褚方叶　杜甜甜
装帧设计　王　斑
封面插画　刘晓颖（画言所）
插画协助　郝　维　李晋圆
内文制作　田晓波　王春雪

印　　刷　天津图文方嘉印刷有限公司
开　　本　850毫米×1168毫米　1/32
印　　张　5
字　　数　80千
版　　次　2021年6月第1版
印　　次　2021年6月第1次印刷
书　　号　ISBN 978-7-5442-9973-2
定　　价　58.00元